Adolf Wilbrandt

Assunta Leoni

Schauspiel in fünf Aufzügen

Adolf Wilbrandt

Assunta Leoni
Schauspiel in fünf Aufzügen

ISBN/EAN: 9783743644250

Hergestellt in Europa, USA, Kanada, Australien, Japan

Cover: Foto ©Andreas Hilbeck / pixelio.de

Weitere Bücher finden Sie auf **www.hansebooks.com**

Die
Tochter des Herrn Fabricius.

———

Schauspiel in drei Aufzügen

von

Adolf Wilbrandt.

Wien.
Verlag von E. Rosner.
1883.

Personen.

Eulenstein, Gerichtsrath.
Rolf, Fabrikant.
Frau Ida Reinhold.
Frau Agathe Stern.
Hugo, Agathe's Söhnlein.
Fabricius.
Frau Wohlmuth.
Demmler, Rolf's Diener.
Abel, Rolf's Gärtner.
Käthchen, ⎫
Friederike, ⎬ Handschuhmacherinnen.
Protokollführer.
Gerichtsdiener.

Zweiter Gerichtsdiener. Zwei Schutzmänner.

Die Handlung spielt in der Gegenwart, in einer Provinz-Hauptstadt.

1*

Erster Aufzug.

Zimmer in Rolf's Wohnung. Ein Schreibtisch mit Aufsatz, mit Papieren, Büchern, Zeitungen. Ein Bücherschrank. Sopha mit Tischchen und Lehnsesseln. Rechts ein Fenster. Im Hintergrunde der Eingang zum Vorplatz; links eine andere, offene Thür. *)

Erster Auftritt.

Rolf, dann Demmler. Zuletzt Ida Reinhold.

Rolf

(allein, sitzt am Tisch und schreibt. Nimmt dann das Blatt in die Hand, auf dem er geschrieben hat; liest, schlicht).

„Und so fass' ich es denn zusammen, meine Herren! Wollen Sie einen Mann zum Abgeordneten, der für alle Bedrückten und Beladenen ein warmes Herz hat, der auch den reuigen Sünder und Verbrecher nicht verachtet, der ihm im Gefängniß seine Menschenwürde zu retten und bei der Rückkehr zu uns ihm eine hilfreiche Hand hinzustrecken wünscht, so wär' ich Ihnen vielleicht der rechte Mann. Und dann sag' ich Ihnen, ohne viele Worte" —

Demmler

(tritt hinten ein; mit etwas geröthetem Gesicht und zuweilen ein wenig. — doch kaum bemerkbar — unsicher auf den Füßen. Bleibt zunächst an der Thür stehn. Mit einer gewissen Feierlichkeit).

Vergönnen Sie Ihrem treuergebenen Diener, Herr Rolf —

Rolf.

Was wollen Sie?

---

*) Rechts und links ist vom Zuschauer aus gedacht.

Demmler (tritt näher).

Indem ich seit langen Jahren viele kirchliche, als auch häusliche, fromme, gute Gebete für Euer Hochwohlgeboren zu Gott dem Herrn geschickt habe —

Rolf.

Demmler! Haben Sie wieder zu viel —?

Demmler.

Daß der allmächtige Schutzherr mit seiner schützenden Hand Sie noch viele Jahre zum Wohle Vieler nebst Gesund= heit bestehen lassen möge —

Rolf.

Kommen Sie zu sich, Demmler. Wovon reden Sie?

Demmler.

Und so habe ich denn auch heute meine stets flehende Bitte zu Gott für diese gerechte, treue Seele aus dem letzten Vers des einundneunzigsten Psalms ergehen lassen —

Rolf.

Warum heute?

Demmler.

Da ich sonst allemal von der seligen Frau Mutter beauf= tragt war, Ihnen zu Ihrem Geburtstag nach unsern schwachen Kräften zu gratuliren —

Rolf (immer gelassen).

Sie haben wieder am hellen Nachmittag getrunken, Demmler. Mein Geburtstag ist nicht heute, sondern morgen. (Demmler starrt ihn an.) Morgen, sag' ich —

Demmler.

O möchten Sie diesen Morgen noch oft erleben, Herr Rolf! Und indem Ihnen dies ein alter Mann sagt, in seinem einundsechzigsten Lebensalter, der aber mit Dero hohem Herzen wohlbekannt ist, da Sie mich oft in gänzlich entblößter Baar= schaft wieder erquickt und aufgerichtet haben —

Rolf.

Ich sage Ihnen ja, daß morgen mein Geburtstag ist. Morgen, Demmler —

Demmler.

Ich höre. Gnädiger Herr, ich höre alle Ihre Worte. Sie haben mich alten Mann, wenn ich oft gar so kaduk, eventuell elend war —

Rolf.

Ja, ich hatte leider immer zu viel Nachsicht mit Ihnen. Gehn Sie, alter Gambrinusknecht —

Demmler.

O mein lieber Herr Rolf! Zwar bin ich kein Heiliger —

Rolf.

Nein!

(Frau Ida Reinhold tritt hinten ein; bleibt, noch unbemerkt, verwundert stehn.)

Demmler.

Aber ohne Glauben an das Jenseits ist der Mensch verloren —

Rolf.

Ich weiß es. Gehn Sie!

Demmler.

Und mit Schaudern sieht man jetzt in die nahe Zukunft im Ganzen wie im Einzelnen entgegen — denn die Menschheit greift der Vorsehung zu sehr vor —

Rolf.

Wollen Sie nun gehn?

Demmler.

Ich gehe — — Und glauben, wie man allgemein vernimmt, doch an keinen Gott — .

Rolf (steht auf. Ruhig, doch scharf).

Jetzt hab' ich genug. Ich danke Ihnen. Hinaus!

Demmler
(starrt ihn an; dann vor sich hin nickend).

Hinaus. Ganz wie Sie befehlen. Ich küsse die hochachtungsvollen Hände —

Rolf (mit Geberde).

Draußen!

Demmler (wieder nickend).

Draußen. Zu Befehl. Draußen — — (Im Gehen murmelnd.) Wollte nur nicht ermangeln, meinem Wohlthäter —

Rolf.

Draußen.

Demmler.

Draußen.

Rolf.

Waschen Sie sich.

Demmler (nickt).

Waschen. (Geht hinten ab; ohne Frau Reinhold zu sehn, die mittlerweile nach rechts getreten war und die Scene verwundert lächelnd verfolgte.)

Zweiter Auftritt.

Rolf, Ida Reinhold.

Ida
(sehr elegant gekleidet; Blumen an der Brust).

Guten Tag, Herr Rolf.

Rolf (steht auf, wendet sich).

Gnädige Frau — — (überrascht) Ich glaube ja fast meinen eigenen Augen nicht. Frau Reinhold —!

Ida.

Ja. Die Reinhold, die Sängerin, die Sie wohl noch kennen. Oder hab' ich mich sehr verändert, seit Sie mich nicht sahn —

Rolf (schüttelt lebhaft den Kopf).

Ganz im Gegentheil. Ich staune, gnädige Frau —

Ida (ihn unterbrechend).

Uebrigens auch ich! Daß Sie so einen Diener nicht einfach zum Hause hinausjagen —

Rolf (lächelt).

Das wäre mein eigner Schade, gnädige Frau! Ich brauche ihn zur Abhärtung meiner Gebuld —

Ida.

Einen Trunkenbold!

Rolf.

Er hat seine feuchten Tage; — und die fangen zuweilen schon mit dem Morgen an. Aber er ist ein altes, treues Erb= stück meines Hauses; und ein ganz vorzüglicher Diener, wenn er nüchtern ist —

Ida.

Und wann ist er das?

Rolf.

Er braucht nicht lange, um es wieder zu werden. Jetzt wäscht er sich. In einer Viertelstunde kennen Sie ihn nicht wieder! — — Aber was reden wir von dem alten Demmler! Und ich hab' Ihnen noch nicht einmal die Hand geküßt; und Sie stehen noch. (Führt sie zum Sopha.) Verehrte gnädige Frau! Welchem Zufall verdanken wir die Ehre, daß Sie hier er= scheinen —

Ida (sich setzend).

Ich reise durch, lieber Herr Rolf.

Rolf.

Und warum bestellten Sie mich denn nicht in Ihr Hotel, statt zu mir zu kommen?

Ida
(etwas befangen, einen Hintergedanken verbergend).

Ich wollte sehen, wie Sie wohnen; (lächelnd) wollte sehen, ob mein alter Verehrer mich noch erkennen würde —

Rolf.

Oh! Gnädige Frau! (treuherzig) In den vielen, vielen Jahren so gar keine Veränderung —

Ida
(legt scherzend, seufzend einen Finger auf den Mund).

Still! Sagen Sie nicht, wie viele Jahre es sind! — Und dann kam ich auch, (ein Brieftäschchen hervorziehend) Ihnen einen Beitrag für Ihren Verein zu bringen. Sie sind ja der „Menschenfreund“ . . . Wie heißt doch dieser edle Verein, den Sie gegründet haben —

Rolf.

Verein zur Forthilfe für entlassene Sträflinge —

Ida.

Ja, den meine ich. (Steht auf.) Ihre große Rede darüber, die ich unterwegs in der Zeitung las, hat mich dafür begeistert. (Ueberreicht ihm eine Banknote.) Bitte, nehmen Sie!

Rolf.

Oh! Viel zu viel!

Ida.

Im Gegentheil —

Rolf
(während er zum Schreibtisch geht).

Jetzt find' ich Sie doch verändert, gnädige Frau. Damals lachten Sie über den „Menschenfreund" —

Ida
(ernsthaft, mit einem leisen Seufzer).

Ich weiß, ich weiß. Damals lebte ich nur für mich —

Rolf (eine Quittung schreibend).

Für Ihre Kunst, gnädige Frau. Und für was für eine Kunst! (treuherzig lächelnd) Ich konnte nie recht zu Nacht essen, wenn Sie gesungen hatten — — Und wie viel Blumen und Lorbeerblätter hab' ich damals verbraucht! (Sie nickt. Er überreicht ihr die Quittung; sie läßt sie nachlässig auf den Schreibtisch fallen. Dann geht sie zum Sopha zurück.) Nun? Werden Sie jetzt —?

Ida (setzt sich wieder).

Was?

Rolf.

Werden Sie uns in unserer Provinzstadt nicht die Freude machen? Wenigstens ein Concert auf der Durchreise —

Ida (schüttelt müde den Kopf).

Nein. Das ist vorbei.

Rolf.

Vorbei?

Ida.

Ja. Ich habe ausgesungen, Herr Rolf. Ich will nicht mehr singen. Kann man einen größeren Unsinn begehen, als sich öffentlich zu überleben; den Weg wieder hinunter zu hinken, den man im Triumph erstiegen hat —

Rolf.

Wie melancholisch Sie reden, gnädige Frau. Und dabei sitzen Sie noch so jugendlich vor mir da; (schlicht) noch so schön —

Ida (matt lächelnd).

Ich danke Ihnen. Aber bitte, bemühen Sie sich nicht; reden Sie mir nicht zu. Es ist vorbei; und ich habe genug. (Vor sich hinstarrend.) Ich fühle mich alt. Ach, ich bin so müde. Ich sehne mich nach Ruhe; nach Häuslichkeit; nach einer kleinen, kleinen Welt, in der ich zu Hause bin... (Er blickt stumm zur Erde. Ida für sich, beklommen.) Wie er staunen wird... (Laut.) O hätte ich jetzt mein Kind!

Rolf
(sieht sie betroffen an. Nach einer Pause).
Wie sagten Sie, gnädige Frau? — „Ihr Kind" —

Ida
(blickt traurig, matt zu ihm auf).
Ja, mein Kind.

Rolf.

Ich verstehe nicht. Ich weiß ja, Sie waren einmal verheiratet — vor langen Jahren — ganz jung — — Von einem Kind wußt' ich nichts.

Ida (nach kurzem Schweigen).

Niemand hat's gewußt.

Rolf (wieder nach einer Pause).

Hm!

Ida.

Ich verstehe Sie. Warum verleugneten Sie Ihr Kind? wollen Sie damit fragen. (Rolf schweigt. Ida steht auf, geht nach rechts zum Fenster. Für sich.) Wie schwer er mir's macht... Aber ich will ja und muß! (Laut, — nachdem sie einen

Augenblick stumm hinausgeblickt.) Ich möchte Ihnen die Geschichte erzählen; — aber ich fürchte, Sie werden mich nicht verstehn.

Rolf
(ist gleichfalls aufgestanden. Unbeweglich, trocken).

Ich werde mir Mühe geben, gnädige Frau.

Ida
(setzt sich: bedeckt die Stirn, die Augen mit der Hand; seufzt tief auf.
Dann, vor sich hinblickend).

Ich war einmal rasend jung; — o, wie thöricht und jung! — Aber ich sang schon. Ich lernte einen jungen Mann kennen, der Geist und Wärme und Enthusiasmus und allerlei gute Eigenschaften hatte; wir gefielen einander sehr und wir heiratheten uns. Dann — — ward ich plötzlich berühmt. Prinzen und Fürsten machten mir den Hof. Mein Mann gefiel mir nicht mehr... Er war eifersüchtig, unvernünftig, launenhaft; er hatte Manieren, die mir nicht gefielen... Er wollte auch mein Herr sein. Wir entzweiten uns. Endlich, eines Abends — es war ein schrecklicher Abend — wollte er sich und mir das Leben nehmen. Ich riß mich los, jagte ihn aus der Thür — — und er kam nicht wieder.

Rolf
(nach kurzem Schweigen, fragend).

Nie mehr?

Ida.

Nein. — Er fing ein wüstes Leben an; in einer andern Stadt — — ich will sie nicht nennen. Er sank bis zu schlechten Streichen, bis zu Verbrechen, die ihn — — ehrlos machten... Damals — etwa ein halbes Jahr, nachdem wir uns trennten — damals kam das Kind. (Sie steht auf; schüttelt sich vor Schauder.) Sein Kind!

Rolf.

Hm!

Ida.

Ich war Mutter und hatte nur drei Gefühle: Abscheu gegen den Vater, Verachtung gegen mich selbst, — Haß gegen das Kind! — Elend und krank, verbittert, lebenssatt lag ich da; — bei meinen armen Verwandten im Gebirg. Da sagte

meiner Mutter Schwester zu mir — der Wirth im Dorf war
ihr Mann — gute brave Leute, nun todt — — da sagte sie
zu mir: Laß du mir das Kind! Schau, wir haben keins; und
du wirst gesund werden und wieder zu deiner Kunst gehn,
für die Gott dich geschaffen hat; die wird dich wieder auf=
richten und zusammenhalten; was soll aber das Kind mit dir
in der Welt herumziehen, und ein rechtes Herz dazu kannst du
dir nicht fassen; — also laß es mir! — — Ich ließ ihr das
Kind. Ich genas, ich sang, ich zog durch die halbe Welt. Ich
jagte den Triumphen nach, weil sie mich betäubten; meine
vergiftete Vergangenheit sucht' ich zu vergessen — (zögernd)
also auch das Kind... Soll es mich täglich, stündlich daran
erinnern, dacht' ich, wem ich einst gehörte? Und gedeiht es da
oben in den Bergen nicht besser, als bei mir, bei der Ruhe=
losen, in der verderbten Welt? Und wenn mir die rechte,
rechte Mutterliebe fehlt — — (Nach einem tiefen Seufzer.) So
verging die Zeit. Niemand erfuhr davon. Ich schämte
mich... Endlich schämt' ich mich auch, diesem mir unbe=
kannten Wesen noch zu sagen, oder zu schreiben: du bist mein
Kind, komm zu deiner Mutter! — Sie aber, die Tante, war
so glücklich, so dankbar, daß ich es ihr ließ... Sehen Sie
mich jetzt nicht an! (Langsam, die Stimme dämpfend.) Erst als es
erwachsen war —

Rolf (betroffen).

Erwachsen —

Ida.

Und als ich ruhig lebte, und über mich die Sehnsucht
kam, nicht mehr allein zu sein — ach, etwas zu haben, dem
ich mein ganzes, ganzes Herz zuwenden könnte — da faßte ich
mir ein Herz und schrieb an mein Kind: Komm' zu mir! —
Aber sie gehorchte nicht. Sie wollte nicht. Alle meine Briefe
schickte sie mir zurück. Nichts, nichts, nichts nahm sie von mir
an. Ich reiste hin; — sie verschwand. Sie entfloh vor mir...
Also — da ich sehe, daß Sie mich verdammen — verdammen
Sie mich nicht allein; verdammen Sie auch mein Kind!

Rolf (nach einer Pause).

Ich bin nicht berufen, gnädige Frau, irgend wen zu ver=
dammen. Sie müssen nur verzeihen, ich bin überrascht; in

meinen Kopf will das nicht hinein . . . Gestatten Sie mir
eine Frage. Warum haben Sie mir diese Geschichte erzählt?
Warum weihen Sie mich plötzlich in ein Geheimniß ein —

Ida (etwas verlegen).

Warum? Ich weiß nicht. Es kam über mich . . . Da
mir die alten Zeiten so lebendig wurden . . . Ich hatte
durchaus nicht die Absicht, Ihnen das zu erzählen. Ein ganz
anderes Anliegen führte mich zu Ihnen; — wenn Sie nicht
jetzt die Lust verloren haben, mir gefällig zu sein —

Rolf
(mit widersprechender Geberde, doch ohne Wärme).

Oh, gnädige Frau —

Ida.

Es ist kurz gesagt und kurz gethan! — — Ich habe
darauf verzichtet, meine Tochter zu mir zu nehmen, da sie
nicht will. Aber allein will ich nicht mehr sein. (Zögernd.) Man
hat mir als Gesellschafterin eine junge Dame empfohlen, die
hier in Ihrer Fabrik — Handschuhfabrik, nicht wahr —

Rolf.

Ja.

Ida.

Die bei Ihnen als Buchhalterin dient. (Mit verborgener
Anstrengung, etwas stockend.) Agathe Stern — eine junge
Wittwe — (Rolf nickt.) Wenn Sie mir sagen wollten, ob
auch Sie sie empfehlen; und wenn Sie mir Gelegenheit geben
wollten, sie harmlos kennen zu lernen —

Rolf
(tritt stumm an den Tisch, drückt auf eine Glocke).

Das ist leicht geschehn!

Dritter Auftritt.

Die Vorigen. Demmler.

Demmler
(tritt hinten ein; jetzt in fester und würdevoller Haltung).

Sie haben befohlen, Herr Rolf —

Rolf

(während sich Ida über die Veränderung in Demmler's Benehmen
verwundert).

Frau Stern ist noch im Bureau?

Demmler.

Jawohl, Herr Rolf. (Sieht nach seiner Uhr.) Es ist noch
eine Stunde vor Feierabend.

Rolf.

Sagen Sie der Frau Stern, ich lasse sie bitten, schon
jetzt Feierabend zu machen und zu mir zu kommen. Ich habe
mit ihr zu sprechen.

Demmler.

Sogleich, Herr Rolf. (Ab.)

Ida (mühsam scherzend).

Sie haben Recht: diesen „Trunkenbold" erkenne ich nicht
wieder. Ein gesitteter und nüchterner Mann —

Rolf.

Er hat sich kalt gewaschen und sich eine Rede gehalten!
— Sie aber werden nun sogleich diese junge Wittwe sehn —
— Was haben Sie?

Ida
(eine innere Unruhe überwindend).

Nichts. (Setzt sich wieder.) Und was können Sie von ihr
sagen —

Rolf.

Gutes; nichts als Gutes; (mit verhaltener Wärme vor sich
hinblickend) mehr als das: sie ist eigenthümlich, rührend interessant. Im Bureau thut sie still und musterhaft ihre Schuldigkeit; Plaudern oder Lachen ist ihre Sache nicht. So eine gewisse
geräuschlose Traurigkeit kommt und geht mit ihr; ein gewisser
Ernst, über ihre Jahre — —

Ida (für sich, gedrückt).

Hm! — (Laut.) Man sagt mir, sie lebe sehr zurück-
gezogen —

Rolf.

Ja. Sie ist über ihren Stand gebildet; aber sie wohnt
mit einer alten Putzwäscherin, einem Original, sehr bescheiden
und einfach in meinem Hinterhaus; über den Hof, unter'm
Dach. Und da erziehen die Junge und die Alte gemein=
schaftlich — — Was ist Ihnen?

Ida (ist erregt aufgestanden).

Sie kommt! (Tritt rasch nach links in die offene Thür.)

Vierter Auftritt.

Rolf. Ida. Agathe Stern.

Agathe
(tritt hinten ein; nicht in Trauer, aber dunkel gekleidet. Sie nähert sich
ein wenig, ohne Ida zu sehn).

Sie haben gewünscht, Herr Rolf?

Rolf (rechts, nahe am Fenster).

Bitte, nehmen Sie Platz. (Der Frau Reinhold nachblickend,
für sich.) Warum versteckt sie sich? (Laut.) Es handelt sich weniger
um meine Angelegenheiten, Frau Stern, als um die Ihren.
(Mit einem unwillkürlichen Ausdruck des Mißgefühls.) Ich höre, Sie
haben vor, mich zu verlassen —

Agathe (erstaunt).

Wer sagt Ihnen das, Herr Rolf? — Ich wüßte nicht —

Rolf
(überrascht, verstohlen auf Ida blickend, die in der Thür steht und
Agathe betrachtet).

So muß ich etwas mißverstanden haben. So war nur
von Ihnen die Rede, ohne daß Sie's wußten. (Mit neuem Blick
auf Ida.) Man hat Sie einer Dame als Gesellschafterin
empfohlen —

Agathe (seinem Blick folgend, steht auf).

Einer Dame? Mich?

Rolf.

Ja, und diese Dame wünschte Sie zu sehn. Wenn aber
Ihre eignen Wünsche nicht dabei im Spiel sind —

Agathe
(hat Ida in's Auge gefaßt; schreit plötzlich auf).

Großer Gott! — — Meine Mutter!

Rolf
(völlig überrascht und verwirrt, betrachtet die Beiden stumm. Agathe
weicht einige Schritte zurück, da Ida vortritt; dann aber, eine Stuhl-
lehne ergreifend, bleibt sie stehn und sieht ihr starr ins Gesicht).

Ida
(bleich, nach Fassung ringend; Rolf's Blick erwiedernd).

Ja. Ich bin's. Ich täuschte Sie. Ich suchte keine Gesellschafterin, sondern mein Kind. (Zu Agathe, mit Mühe redend.) Du
erkanntest mich also —

Agathe
(die Ida fort und fort mit finsteren Blicken mißt).

Warum sollt' ich nicht; Ihre Photographie hab' ich ja
oft gesehn! — — Wünschen Sie noch etwas, Herr Rolf —

Ida
(tritt nach hinten, vor die Thür).

Nein, so gehst du nicht fort! Hab' ich dich endlich mir
gegenüber, Aug' in Aug' — — Gott, welch ein Blick! — —
so mußt du mich anhören; eher gehst du nicht fort. Ich hab'
ja Unrecht gethan; — sieh, vor diesem Mann hier bekenn'
ich's; vor ihm, vor dir und vor Gott! Ich bereu' es lange;
büß' es lange. Wenn das eine Mutter ihrem Kinde sagt,
muß das Kind verzeihn! — — Helfen Sie mir doch, reden
Sie ihr zum Herzen —

Agathe (zu Ida).
Hier kann Niemand helfen; lassen Sie das. Zwanzig
Jahre lang haben Sie mich verleugnet und vergessen; denken
Sie, das kann ein Kind verzeihn? Und wenn Andre es
könnten, — ich bin hart, ich kann's nicht. Sie hatten ja
Ihre Kunst, als Sie ohne mich lebten; rufen Sie jetzt die
Kunst! Sagen Sie ihr, was Sie mir in Ihren Briefen
gesagt haben; stellen Sie ihr doch vor, daß Sie sich einsam
fühlen, daß Sie Gesellschaft wünschen, daß das Leben auf die
Länge ein erbärmlich Ding ohne Liebe ist. Verlangen Sie von
ihr Liebe und Gesellschaft und verschonen Sie mich!

Ida.

Kind! Kind! Nein, das war's nicht allein. Wenn du
Alles wüßtest —

Agathe.

Sie haben mir's ja geschrieben; ich weiß es. Weil
mein Vater Ihnen Schande machte, darum ertrugen Sie es
nicht, mich, sein Kind, zu sehn. Das war der andere
Grund . . . Doch daß ich auch Ihr Kind war, daß Sie die
Verantwortung für mein Dasein trugen, daß ich ein Recht
auf Ihre Liebe hatte, das bedrückte Sie nicht! (Da Ida lebhaft widersprechen will.) Haben Sie mich nicht aufwachsen lassen
wie ein Bauernkind? Gaben Sie mich nicht weg an eine
Andre, — mich zu pflegen, mich aufzuziehen und aus mir
zu machen, was sie wollte? — Sie war gut, sie hat mich
nicht schlecht gemacht; mit dem Geld, das Sie ihr schickten,
hat sie mich gekleidet, genährt, geputzt, — o mir fehlte nichts;
nicht einmal Liebe fehlte mir, denn sie liebte mich; — —
Sie aber, die Sie da stehn — so vornehm, so schön, so aus
einer andern Welt — Sie sind mir nichts. Von Ihnen
weiß ich nichts; von Ihnen will ich nichts. Lassen Sie mich
hinaus! Leben Sie wohl!

Ida.

Nein, nein, nein —

Agathe (wild).

Gehn Sie weg da von der Thür! Lassen Sie mich hinaus!

Ida
(fährt zusammen; tritt dann scheu bei Seite).

So spricht ein Kind zu seiner Mutter —

Agathe
(geht zur Thür; bleibt dann stehn, wendet sich zurück).

„Mutter!" — — Ich will Ihnen noch zum Abschied Alles
sagen — da wir uns doch einmal sahen — Alles, was ich
Ihnen in Gedanken gesagt habe, als ich am Sarg, am Grab
meines Mannes saß. Der war mir Alles zugleich: Vater,
Mutter und Freund! Den hab' ich geliebt mit all der Liebe,
auf die Sie verzichteten; den hab' ich so dankbar und so heiß
geliebt, daß er mir noch im Sterben sagte: o, wie war ich

glücklich! — Der rettete mich, als Vater= und Mutter=Blut mich aus den Bergen in die Welt hinaus trieb; der machte mich zu seinem treuen, rechtschaffenen Weib, als ich, mir selbst überlassen, schlecht werden, untergehen wollte. Der gab mir den Seelenfrieden, der mir fehlte, gab meinem armen, un= klaren Kopf Kenntnisse und Vernunft. Hätten Sie mir nur einen Theil davon gegeben, o wie lieb hätt' ich Sie gehabt! (Dem Schluchzen nahe.) Aber glauben Sie nicht — wenn mir auch zum Weinen ist — daß ich um Sie weine. Das gilt meinem todten Mann. Drei Jahre liegt er nun schon unter der Erde; er kann nicht wie Sie mir sagen: „Komm zu mir!" Aber ich bleibe bei ihm. Also lassen Sie mich. Gott sei Dank, ich kann mich ernähren; mich und mein Kind! (Will hinaus.)

Ida
(in höchster Ueberraschung, völlig verwirrt, legt sich die Hand an den Kopf).

Wie — — (Ueberlaut.) Halt! Halt! — Was ist das —

Rolf
(sich ihr nähernd, während Agathe betroffen stehen bleibt).

Was haben Sie, gnädige Frau —

Ida.

Sie hat ein Kind! — Sagte sie das nicht — sprach sie nicht von einem Kind —

Rolf (erstaunt).

Wußten Sie das nicht?

Ida.

Großer Gott, und wie sollt' ich's wissen, wenn sie kein Wort davon schrieb? — — Ich beschwöre dich! Du hast ein Kind — meines Kindes Kind —

Agathe
(eine gewisse Erschütterung bekämpfend).

Was wollen Sie —

Ida.

Deinem Kind hab' ich nichts gethan. Laß' mich zu dem Kind! Ich will es lieb haben, wie ich noch nichts geliebt;

2*

ich will an ihm gut machen, was ich an dir gefehlt habe —
— Helfen Sie mir doch, stehen Sie mir bei! — — Ich will
es erziehen lassen wie eine Prinzessin, — oder wenn es ein
Knabe ist — — (Rolf nickt.) Ach, ein Knabe! Und das wußt'
ich nicht. Laß' mich zu ihm, ich will für ihn leben! Laß' mich
ihm, ihm wie eine Mutter sein — und Gott wird dir's lohnen!

Agathe
(schüttelt den Kopf. Voll Bitterkeit).

Rufen Sie Gott nicht an —

Rolf (sanft).

Frau Stern! Denken Sie noch einmal nach, eh' Sie
weiterreden —

Agathe.

Wozu sollt' ich, Herr Rolf? Wie manche Nacht hab' ich
dagesessen und in mir bedacht, was ich sagen und thun
würde, wenn so eine Stunde käme. Immer endete es mit
demselben Gefühl: (sich wieder zu Ida wendend) ich hab' keine
Mutter mehr, ich habe nur noch mein Kind! (Ida sinkt auf einen
Stuhl. Agathe, ihr näher, anfangs die Stimme dämpfend.) Als ich
damals aus meinem Dorf entflohen war — denn die Welt-
lust, das Wanderblut ließen mir keine Ruhe — und ich nicht
wußte, wohin, und der Mangel kam und mich hungerte —
da wurde ich schwach und dachte an Sie, meine reiche
„Mutter", — und machte mich auf den Weg. Ich wußte
aus den Zeitungen, wo Sie damals waren . . . Ich kam
auch hin; es war schon Nacht, als ich ankam; ich fand Ihr
Hotel. Da strahlten die Kronleuchter oben in Ihren Zim-
mern, denn Sie gaben ein Fest. Ich stand auf der Straße
und hörte, wie Sie sangen; die Nacht war warm, und die
Fenster offen. Sie sangen ein Lied von der Mutterliebe und
dem „süßen Kind". Sie sangen gewiß sehr schön; und Alle
klatschten dann Beifall; — mir aber war es die schrecklichste
Musik, die ich je gehört! Und ich stellte mich drüben unter
eine andere Thür, und gelobte mir, lieber zu verhungern, als
zu Ihnen zu gehn; und Sie auf immer zu vergessen, wie
Sie mich vergaßen; und ohne Mutter zu bleiben bis an
meinen Tod! — Gehen Sie, singen Sie in Theatern und

Concerten von der Mutterliebe und dem „süßen Kind". In
jener Nacht hab' ich Sie begraben! (Stürzt hinaus.)

Ida.

Agathe! (schwach) Ich sterbe! (Sinkt in einen Sessel.)

Verwandlung.

Dachzimmer Agathens im Hinterhaus, ärmlich eingerichtet. Vorne
links ein Fenster; auf derselben Seite rückwärts eine Art Verschlag, mit
Vorhang. Hinten die Thür nach draußen; rechts eine Thür zur Kammer der Frau Wohlmuth. Ein Tisch mit drei Stühlen nicht weit vom
Fenster. Auf einer Commode, hinten neben der Thür, etwas Haus-
geräth, Bücher und ein kleines Bild im Stehrahmen.

Fünfter Auftritt.

Käthchen, dann **Agathe**. (Zuerst ist die Bühne leer.)

Käthchen (klopft draußen, mehrmals).

Agathe! — Frau Stern! (Tritt hinten ein.) Nicht zu
Haus. Und vom Comptoir ist sie lange fort. — Warte ich ein
Weilchen? (Setzt sich. Leichtfertig.) Ob sie wohl immer noch der
Tugendspiegel ist? (Trällert:)

Mama, Papa! Ach sehn Sie doch den Knaben,
Den möcht' ich gern zu meinem Manne haben!

Agathe
(tritt hinten ein, geräuschlos, ganz in sich versunken. Erblickt dann
Käthchen. Für sich, etwas verfinstert).

Was will Die wieder hier?

Käthchen (trällert weiter).

Er hat ein allerliebst Gesicht,
Ach sehn Sie doch, ach sehn Sie doch,
Wie freundlich daß er spricht!

Agathe (vortretend).

Kommst wieder einmal, Käthchen?

Käthchen (steht auf).

Hu! Wie vornehm und kalt! — Ich kann übrigens
heut eben so vornehm thun, wie du: bring' dir das Geld

wieber, das du mir geliehen haſt. (Legt ein kleines Päckchen auf den Tiſch.) Da! Zähl' nach! — — Was machſt für ein Geſicht?

Agathe.

Nun, ich wundere mich.

Käthchen.

Daß ich Schulden bezahle?

Agathe.

Ja. Ich hatte das Geld ja längſt in den Rauchfang geſchrieben: gab's dir ja damals nur, weil du gar ſo in Noth und Verzweiflung warſt —

Käthchen.

Jetzt bin ich wohlhabend; (ſich auf dem Abſatz wiegend) ja, ja. (Komiſch-vornehm.) Zähl' nach! (Tritt zu einem Spiegelchen an der Wand, während Agathe zählt und dann das Geld in der Commode verſchließt; trällert:)

Liebe Guſte,
Du Bewußte
Meiner liebenden Bruſt,
O gewähre
Und beſchere
Mir ein Stündchen der Luſt!*)

Agathe.

Ich danke dir. 's iſt richtig. (Sieht ihr feſt in's Geſicht.) Woher haſt du das Geld? — Wie du dich fein gemacht haſt —

Käthchen (etwas verlegen).

Ich? (Sucht zu lächeln.) Frag' nicht viel — und mach mir ein gutes Geſicht! — — Wir ſind quitt. Grüß' mir deinen hübſchen, blaſſen Jungen. Abieu! (Trällert, wieder am Spiegel vorbei:)

Die Thür, die war verſchloſſen,
Murlach, murlach, vallerallera —

---

*) Aus „Köck und Guſte" (Duett).

Agathe

(die eine Schürze hervorholt und umbindet).
Adieu!

Käthchen.

Geh' schon. (Streift noch, neugierig umherschauend, an der Commode vorbei; summend)

Ein Riegel lag da, geck, geck, geck,
Ein Riegel lag dafür! *)

Du, was hast du da für ein Bild? Ein Mannsbild. Ein junges! — Dein Mann sah ja anders aus. — Ei, ei. Hast wohl am Ende auch — —

Agathe (wild auffahrend).

Du —! (Käthchen erschrickt, läßt das Bild auf die Kommode fallen. Agathe bezwingt sich wieder. Ruhig.) Was sind das für Reden! Geh!

Käthchen (sucht zu lächeln).

Geh' schon. Frau Tugendstolz! Sei nur gut! (Will das Bild wieder aufstellen.)

Agathe.

Rühr' das nicht mehr an! (Ruhiger.) Laß liegen!

Käthchen.

Kann's auch liegen lassen. (Geht.) Adieu! (Schon in der Thür, gutmüthig.) Bist aber doch eigentlich 'ne Närrin, Agathe, dich so abzuplagen:

Wer ein Geld hat, der ißt Ananas,
Und wer keins hat, ißt ein Primsenkas.

(Kommt zurück.) Hast ein Kind, und das arme, feine Ding muß trocken Brod essen. Wenn ich du wär' — noch so jung und hübsch —

Agathe (wild).

Hinaus!

---

*) Volkslied: „Ich ging wohl bei der Nacht" 2c.

Käthchen.

Hu! (Flieht zur Thür. Im Hinausgehn.)
Wer ein Geld hat, der kann grob sein,
Und wer keins hat, der kann's auch sein!
(verhallend)
Mir ist alleseins, mir ist alleseins,
Ob ich Geld hab' oder keins!

Sechster Auftritt.

Agathe allein. Zuletzt Hugo, draußen.

Agathe (ruhiger).

Leichtfertiges Ding du! — — Wie 'ne lustige Hummel
summt sie zum Haus hinaus. (mit halbem, bitterem Lächeln) Und
sie meint mir's noch gut! Und von meinen Spielkamerabinnen
im Heimatsdorf war sie noch die Beste! — — Aber dieses
Bild rührt sie mir nicht mehr an. (Nimmt das Bild, betrachtet es.)
Warum ließ ich dich nicht lieber in deinem alten Versteck! —
Wie du mich anschaust ... Du, das Einzige von ihm, was
die Tante hatte ... So sah einmal mein Vater aus: so jung,
so frisch. Vor vielleicht vierundzwanzig Jahren! — — Und wie
gern hätt' ich ihn geliebt; — sie aber sagt, daß er schlecht war
und uns Schande machte — — (Ein Schauder schüttelt sie, das
Bild entfällt ihr. Sie stellt es wieder auf die Commode; sinkt daneben
auf einen Stuhl, legt sich die Hände vor's Gesicht.) Ach, wie schön
es wohl ist, gute Eltern zu haben; auf ihrem Schooß heranzu-
wachsen wie das Vöglein im Nest! Und wenn dann das Vöglein
wiederkommt als Wandervogel, in dem lieben Nest, in dem es
aufwuchs, die eignen Jungen zu füttern; daß ihm im Haus
der Vergangenheit die Zukunft entgegenzwitschert — — Ach,
was für ein Traum. Mutter! Es ist vorbei! Du hast dein
Vöglein aus dem Nest gestoßen. Nie, nie, nie kommt es dahin
zurück! (Plötzlich fährt sie auf, eilt zum Fenster.) War das Hugo's
Stimme? — — Nein. Noch nicht seine süße Stimme. Bringt
ihn denn diese Frau Wohlmuth heute nie nach Haus? —
Hugo! Süßer Junge! Schatz! Goldkind! Wo bleibst du? Deine
Mutter ist hier; und du hast deine Milch noch nicht getrunken;
(holt einen Napf mit Milch, der rechts auf einem eisernen Ofen steht,

stellt ihn auf den Tisch) und du wirst Hunger haben, armer
Junge; und ich sehne mich so nach dir. Siehst du, da steht
deine Milch. Komm! Komm! Setz' dich her! (Holt aus der Schub-
lade des Tisches ein Tischtuch), dann einen Löffel, ein Messer und ein
angeschnittenes Brod hervor; schneidet davon ab.) Ja, 's ist nur Brod;
aber ich hab's nicht besser, armer Liebling; und damit ich's
besser hätte, müßt' ich schlechter werden; — und das willst du
nicht! (In wachsender Sehnsucht.) Hugo! Hugo! Komm, komm! Ich
will dich füttern, will dich essen sehn; ich liebe dich; ich bin
in dich verliebt! (Am Fenster.) Du mein Abendstern nach dem
Werkeltag; du mein Morgenroth, wenn's in mir dunkel ist.
Laß mich nicht allein mit den schwarzen Gedanken! Ach, ich
bin so allein —

Hugo (draußen).

Mutter! Ho! Mutter!

Agathe.

Hugo! (Ihm entgegen.) Mein Kind! Mein Kind!

Siebenter Auftritt.

Agathe, Hugo, Frau Wohlmuth.

Hugo
(hereinstürmend; Frau Wohlmuth folgt ihm).

Ich bin's, Mütterlein!

Agathe (kniet; umarmt ihn).

Ja, du bist's. Du mein Aug', du bist's! — Ach, küss'
mich noch einmal; Wang' an Wange; so. Wie du warm bist,
Liebling; und wärmst mich gleich bis in's Herz. Warum kommt
ihr so spät; (zu Frau Wohlmuth aufblickend, die sich hurtig Hut und
Tuch abnimmt und nach rechts zu ihrer Kammer läuft) wo krochen
Sie so lange herum, „Frau Schnecke" —

Frau Wohlmuth *) (kommt zurück, lacht).

„Frau Schnecke!" (Dann ernsthaft.) Das ist ein böses Wort.
Wenn je die Zeit käm', daß man mit Recht zu mir sagte:

---

*) Anmerkung. Frau Wohlmuth ist als Baierin oder Oester-
reicherin und im Dialekt gedacht. Jedenfalls sollte sie in irgend einer
angemessenen Dialektfärbung gespielt werden.

„wo krochen Sie herum, Frau Schnecke" — lieber Gott, eh'
ich so ein lahmer alter Krüppel werde, laß' mich lieber gleich
abmarschiren — (Verneigt sich schnell, gegen den Himmel gewendet.)
Nichts für ungut! (Läuft in ihre Kammer.)

Agathe
(nimmt dem Kleinen Hut und Mäntelchen ab).

Komm, zieh' dich aus. Hast wohl Hunger, Goldkind —
(Hugo nickt.) Was für schöne Blumen gucken dir aus der Tasche?

Hugo.
Mutter, eine Dame hat sie mir gegeben —

Agathe.
Was für eine Dame?

Frau Wohlmuth
(kommt — immer hurtig — aus der Kammer zurück, ohne Hut und Tuch).

Eine schöne Dame, Frau Stern; (wichtig) und eine feine
Dame. Die kam uns entgegen, als wir heimmarschirten —

Hugo.
Und die sah mich an, Mutter —

Agathe.
Komm', setz' dich und iß! (Setzt ihn an den Tisch, bricht ihm
das Brod. Er beginnt zu essen und zu trinken.)

Frau Wohlmuth.
Ja, sie sah ihn an, und blieb stehn — — Jesus! die
Karte! Wo hab' ich die Karte! (Läuft wieder in ihre Kammer.)

Hugo.
Und sie hatte Thränen in den Augen, Mutter —

Agathe (wird aufmerksam).
Was sagst du, Kind?

Frau Wohlmuth
(kommt zurück, eine Visitkarte in der Hand).

Ja, sie hatte Thränen in den Augen; auf Ehre; und
war blaß wie ein Leichentuch; (feurig) aber fein, fein sah sie
aus. Und sie fragte mich: wem gehört das Kind? Und wie
ich's ihr gesagt hatte —

Hugo (hat getrunken).

Da küßte sie mich —

Frau Wohlmuth.

Ja, da küßte sie ihn —

Hugo.

Aber ich wollt' es nicht! Und da seufzte sie so — —
Warum stehst du auf, Mutter?

Agathe (sich fassend).

Iß nur; iß. (Zu Frau Wohlmuth.) Und was that sie
dann —

Frau Wohlmuth.

Dann fragte sie nach der Mutter; — ja, so war's. Gnädige
Frau, hab' ich ihr gesagt: wir sind arme Leute, das sehen Sie;
aber lügen müßt' ich, wollt' ich was Anderes von seiner Mutter
sagen, als: (feurig) eine brave Frau! — Eine arme Frau,
Euer Gnaden; aber keine Edeldame auf der Welt hat ein
besseres Herz! — Und ich sagte so noch Dies und Das —

Agathe (mit schwachem Lächeln).

Auch so Thörichtes —

Frau Wohlmuth.

Und sie seufzte wieder. Und dann drehte sie mir den
Rücken zu, mit Respect zu sagen; und nahm eine Karte aus
der Tasche und schrieb mit Bleistift darauf. „Geben Sie das
der Mutter von dem Kind,“ sagte sie zu mir. „Ich kenne sie.
Seien Sie gut gegen das Kind! Und lassen Sie mich's noch
einmal bei dem Händchen nehmen; und lebe wohl! Lebe wohl!“
Und sie nahm diese schönen Blumen von der Brust und drückte
sie dem Kind in die Hand; „danke!“ sagte das Kind. „Ach!“
sagte die Dame. Und dann ging sie fort; (gerührt) still und
stumm wie ein Bild. Und hier ist die Karte!

Agathe (nimmt, liest für sich).

„Ich reise sofort und auf immer ab.“ — O mein Gott!

Frau Wohlmuth.

Es klopft.

Agathe
(hört nicht; kauert zum Kinde nieder; leise).

Hugo! Liebling! Vergib mir! Ach, in Sammt und Seide
könntest du nun gehn; und in einem feinen, feinen Bettchen
schlafen; und bei ausgesuchter Kost wie ein Röslein blühen,
du mein blasser Liebling. Aber ich kann nicht! Ach, vergib
du mir —

Frau Wohlmuth (schüchtern).
Liebe Frau Stern! Es klopft.

Agathe.
Herein! (Steht auf.)

Achter Auftritt.

Die Vorigen; Rolf.

Rolf
(tritt ein. In weicher Bewegung, die er zu verbergen sucht). .

Entschuldigen Sie, Frau Stern. Nicht daß ich stören
möchte —

Agathe (sieht ihn mißtrauisch an).
Bitte! Sie stören nicht. Womit kann ich dienen?

Rolf (hat sich ihr genähert; halblaut).
Frau Reinhold ist fort —

Agathe (ebenso).
Ich weiß. (Hält ihm die Karte hin.)

Rolf (überfliegt sie).
Hm! — — Warum sollt' ich leugnen, daß ich mit —
Frau Reinhold einiges Mitleid habe —

Agathe (ihn unterbrechend, kühl).
Sie entschuldigen! (Laut.) Haben Sie die Güte, Frau
Wohlmuth, den Kleinen ein wenig in Ihre Kammer zu führen —

Rolf
(den Kleinen, der an ihm vorüber will, bei der Hand fassend).
Bitte sehr! Schicken Sie ihn nicht fort. Eben diesen Kleinen
wünschte ich zu sehn. Denken Sie darum nicht, daß ich zu=

bringlich bin; — wirkliches Mitgefühl — — (Treuherzig.) Sehen
Sie mich nicht so mißtrauisch an; ich verdien' es nicht. Ich
meine es wirklich gut —

Frau Wohlmuth (feurig).

Dafür sind Sie bekannt, Herr Rolf! in der Welt bekannt!
(Legt sich erschrocken die Hand auf den Mund.) Jesus! was für 'ne
Red'. Was für eine unschickliche Rede, gnädiger Herr. Niemand
hat mich um meine Meinung gefragt, und ich mische mich in
die Conversation!

Rolf (lächelnd).

Dafür sind Sie bekannt, Frau Wohlmuth; — aber
nehmen Sie sich's nicht übel, denn es steht Ihnen gut. — —
Nur drei Worte, Frau Stern! (Da sie ihn zum Sitzen einladet.)
Ich danke. (Bleibt stehn.) Ich habe bis heute nicht viel mehr
von Ihnen gewußt, als daß Sie Ihrer Stellung in meinem
Geschäft alle Ehre machen (Agathe verneigt sich stumm); nun
aber, seit jenem — Gespräch (mühsam) weiß ich vor Bewegung
nicht, was ich sagen soll — — (schlicht) ich bin erschüttert,
Frau Stern —

Agathe (weicher).
Bitte, nehmen Sie Platz!

Rolf (setzt sich).

Was für einen Kampf kämpfen Sie mit dem Leben; —
und wie tapfer, wie stolz!' — Und zu all' dem Bitteren, das
Sie schon erlebt haben, (Frau Wohlmuth nicht mitleidig vor sich hin)
kommen die Entbehrungen, und die sind auch nicht süß.
(halb fragend) Ihr Mann hinterließ Ihnen nichts (Agathe will
den Kopf schütteln, wendet ihn dann aber auf Hugo, wie um auf Den
zu deuten); nur den Jungen da, freilich; — einen lieben Jungen;
aber zart ist er und blaß. Und für seine Jahre — — wie
alt, wenn ich fragen darf —

Frau Wohlmuth (rasch).

Im sechsten Jahr, gnädiger Herr — (Legt sich dann die Hand
auf den Mund, mit einem Blick auf Agathe, der um Vergebung bittet.)

Rolf

(zu Frau Wohlmuth, mit trockenem Humor).

Ich danke Ihnen! — (Ernsthaft.) Für seine Jahre, find'
ich, bleibt er etwas zurück. Wenn man von Ihrem Gehalt zwei
ernähren soll, ist er schmal bemessen; (umherschauend) und diese
Wohnung, mit dem Cajütchen dort als Nachtquartier — —
(Seine Bewegung zu verbergen, lächelt er ein wenig.) Sie wohnen
zwar unter meinem Dach, aber ich muß sagen: sehr gesund
find' ich's hier nicht!

Frau Wohlmuth.

Und der gestänkerige Hof — (verneigt sich schnell) mit
Achtung —

Rolf (wie vorhin).

Ich danke Ihnen! — — Kurz, ich hätte einen Vorschlag,
Frau Stern, den ich um Ihres Knaben willen — — Er gedeiht hier nicht. Sie wissen, ich einsamer Junggeselle wohne
viel zu breit in meinem Vorderhaus. Seitwärts, nach dem
Garten zu, neben den Bureaux, liegen ein paar Zimmer, die
kein Mensch benutzt; es steht und hängt da nur allerlei von
jenen Schätzen, die „die Motten fressen"; na, und die Motten
nehmen wohl auch mit Dachkammern vorlieb. Wenn Sie also
mit den Motten tauschen wollten —

Agathe

(fällt ihm in's Wort; mit verhaltenem Mißtrauen).

Sie sind gar liebenswürdig, Herr Rolf. Ich danke Ihnen
sehr. Aber diese Gartenzimmer kann ich nicht bezahlen —

Rolf.

Das ist ein Irrthum, Frau Stern. Ich hab' mir soeben
erlaubt, Ihren Gehalt nach Verdienst zu erhöhen; denn zu
dem, was Sie leisten, stimmt er gar nicht mehr. Sehen Sie,
auf diesem Zettel hab' ich zugleich die Gegenrechnung gemacht:
wenn Sie die höhere Miethe zahlen, bleibt Ihnen doch noch
ein Ueberschuß. Der genügt vielleicht, um Ihrem Kleinen
rothe Backen zu machen. Schauen Sie mich nicht so forschend
an, sondern schlagen Sie ein!

Agathe.

Verzeihen Sie. (Steht auf, tritt zu ihm. Halblaut, mit etwas bebender Stimme.) In wessen Auftrag thun Sie das, Herr Rolf?

Rolf (halblaut).

Wie argwöhnisch Sie sind. — Aber ich begreife Sie. — Trauen Sie mir zu, daß ich die Wahrheit rede?

Agathe

(nach einem neuen Blick in sein Gesicht, unwillkürlich bewegt).

Ja, Herr Rolf.

Rolf.

Wenn ich Ihnen also sage, auf mein Manneswort: Ihre Mutter weiß nichts von dem, was ich thue; mir aber ist so zu Muth, daß ich nicht umhin kann, es zu thun — glauben Sie mir dann?

Agathe (bewegt).

Ja, Herr Rolf.

Rolf.

Ich danke Ihnen, Frau Stern. (Laut.) Komm' zu mir, kleiner Mann! (Hugo tritt ohne Scheu zu ihm; Rolf nimmt seine Hand, zieht ihn auf seinen Schooß.) Willst du ein großer, starker Mann werden, Hugo? ein gesunder Mann? (Hugo nickt.) Willst du dann hinunterziehen in die hohen, großen Zimmer, die in den Garten sehn, wo sonst Niemand wohnt; und in dem stillen Garten spielen, als gehörte er dir, — jetzt zur Maienzeit, wo die Vögel singen; und den Sommer und Herbst hindurch, bis der Winter kommt? Willst du das, kleiner Mann?

Hugo.

Ich will wohl, Herr Rolf. Aber warum sagst du nicht, daß auch Frau Wohlmuth mit uns wohnen soll —

Rolf.

Die soll; freilich! natürlich! Die soll ihr Auge über dir haben, wie bisher; was thäten wir ohne Die! Die soll neben Dir wohnen —

Frau Wohlmuth

(weiß vor Rührung die Arme nicht zu lassen, fährt sich damit in's
Gesicht, über die Brust).

Gnädiger Herr! Gnädiger Herr! Die Ehre! — Soll
ich das noch erleben, ich alte, graue Person —

Rolf.

Stöhnen Sie sich aus, Frau Wohlmuth. Ich entnehme
daraus: Sie stimmen zu. Aber was wird nun deine Mutter
sagen, armer Junge —

Agathe

(Thränen im Auge, in der Stimme).

O Herr Rolf! (Ergreift seine Hand. Halblaut.) Ach, was soll
ich sagen! Ich verstehe Sie nicht — verstehe das Leben nicht.
Der Frau, die meine Mutter heißt, sage ich: Nein! ich will
nichts von dir. Nun stehen Sie vor mir da, ein fremder
Mann — und Gott in meinem Herzen zwingt mich, Ihnen
zu sagen: Ja, ich danke Ihnen! ja, ich nehm' es an! —
Und vor Rührung muß ich — —

Rolf

(unterbricht sie; laut, als antworte er auf ihre leise Rede).

Sie haben Recht: eh' Sie sich entscheiden, müssen Sie diese
Zimmer sehen; das versteht sich von selbst. Gehen Sie also
hinunter, Frau Stern, wenn es Ihnen beliebt; nehmen Sie
diese Frau Unruhe und den Kleinen mit; mein Diener er=
wartet Sie, er wird Sie führen. Unterdessen erlauben Sie
mir, noch einen Blick in diese Kammer zu werfen; (lächelnd)
im Interesse meines Mottenfraßes oder meiner Motten.
Stimmen Sie dann zu, so ziehen wir morgen um! (Halblaut.)
Wozu drücken Sie mir nochmals die Hand? Ich opfere wirk=
lich nichts. Sie aber bedauere ich von ganzem Herzen —
und ich ehre Sie von ganzem Herzen —

Agathe

(legt sich vor Verwirrung und Erschütterung eine Hand auf die Stirn,
auf's Herz; wendet sich dann stumm von ihm hinweg. Mit erstickter
Stimme).

Komm', Hugo! Komm'! (Führt das Kind zur Thür.)

Frau Wohlmuth

(stürzt sich auf Rolf's Hand, küßt sie, ehe er's hindern kann; dann den Anderen nach).

Das ist der Bonifaciustag; den vergeß' ich nie! (Hinaus.)

Neunter Auftritt.

Rolf allein. Dann Fabricius.

Rolf (sieht ihnen nach).

Gute, gute Leute ... Was geschieht dir, Rolf. Weiß mich kaum eines Tages zu erinnern, wo ich so bewegt war ... In dieser öden Kammer wohnte sie; diese merkwürdige, stolze, trotzige, weiche — rührende junge Frau! (Klopfen.) Jemand klopft. Und ich hier... Herein!

Fabricius

(ergraut, in vernachlässigter Haltung, in dürftiger, doch reinlicher Kleidung; tritt schüchtern ein, bleibt zuerst hinten stehn. Spricht leise).

Ich habe wohl die Ehre, Herrn Rolf zu sehn —

Rolf (die Hand hinter'm Ohr).

Ich verstehe nicht.

Fabricius (jetzt zu laut).

Nicht wahr, ich habe die Ehre, Herrn Rolf zu sehn!

Rolf

(nachdem er ihn verwundert betrachtet).

Ja, mein Name ist Rolf. Aber wie kommen Sie dazu, mich hier zu suchen —

Fabricius.

Um gütige Vergebung, Herr Rolf. Man sagte mir unten auf dem Hof, Sie seien hier. Und da ich schon zweimal das Unglück hatte, Sie zu verfehlen —

Rolf.

Davon weiß ich nichts. — Was wünschen Sie?

Fabricius.

Ich heiße Fabricius... Doch wollen Sie zunächst die Güte
haben, mir zu sagen, ob ich zu laut oder zu leise spreche —

Rolf

(sieht ihn wieder befremdet an. Dann freundlich).

Sie sprechen etwas ungleich, Herr Fabricius. Haben Sie
so einsam gelebt, daß Ihnen Ihre eigene Stimme fremd
geworden ist?

Fabricius (blickt vor sich hin).

Ich hab' wohl einsam gelebt ... Herr Rolf, wozu ginge
ich lange im Kreise um den Punkt herum. Weswegen erlaube
ich mir, Sie zu belästigen? Weil Sie jener edle Mann sind,
der in Wort und Schrift — (Stockt. Läßt wieder die Stimme
sinken.) Nicht wahr, Sie erschrecken nicht.

Rolf (etwas ungeduldig).

Nein. Also reden Sie.

Fabricius.

Der in Wort und Schrift sich der bußfertigen (stockt)
Verbrecher angenommen hat; der den Verein zur Forthilfe für
entlassene Sträflinge gegründet — — — (Verstummt.)

Rolf.

Sie wären also Einer von diesen Entlassenen.

Fabricius (gedrückt).

Ja, ich bin so Einer.

Rolf (nach kurzem Schweigen).

Wie lange saßen Sie?

Fabricius (ruhig).

Vierundzwanzig Jahre.

Rolf (fast erschrocken).

Was sagen Sie? Vierundzwanzig Jahre — (Fabricius
nickt.) Und warum so lange?

Fabricius.

Wegen Mordversuchs —

Rolf

(tritt unwillkürlich zurück. Fabricius lächelt schmerzlich: mit einer Geberde, als wollte er sagen: „O, fürchten Sie nichts!" — Rolf faßt sich wieder, setzt sich. Ruhig).
Setzen Sie sich, Herr Fabricius.

Fabricius (weich, leise).

Ich danke Ihnen, Herr Rolf. (Setzt sich, in einiger Entfernung von Rolf: doch nur auf eine Ecke des Stuhls.)

Rolf.

Ich begreife nicht — — Sie haben kein Gesicht für Mord und Todtschlag. Wie geschah Ihnen das —

Fabricius (zieht einige Blätter hervor).

Wenn ich Ihnen zunächst diese Papiere unterbreiten dürfte: meine Documente. Der Herr Pfarrer und der Herr Inspector bezeugen mir darin, daß ich mich in der Strafanstalt — in der Einzelhaft — wohlverhalten habe; daß ich wegen dieses Wohlverhaltens schon nach vierundzwanzig Jahren bin entlassen worden —

Rolf.

Schon! — Großer Gott! — — Also Begnadigung — (Fabricius nickt.) Herr, was thaten Sie denn, um eine solche Strafe zu verdienen?

Fabricius (schlicht).

Hab' ich sie verdient, Herr Rolf? — Ich weiß es nicht... Ich war ein elender Mensch; große, gewaltige Kränkungen hatten mich bestialisch zugerichtet — (verbessert sich verlegen) ich wollte sagen: hatten mich vergiftet, verwüstet; — doch das interessirt Sie nicht. Ich kam in schlechte Gesellschaft, — jung wie ich war; ich arbeitete nicht mehr, ich erwarb nicht mehr; endlich hungerte ich ...

Zehnter Auftritt.

Die Vorigen; Agathe.

Agathe

(tritt hinten ein; bleibt befremdet stehn. Man bemerkt sie nicht. Sie will ein Geräusch machen, reden; dann, durch die Erzählung gefesselt, steht sie still und horcht).

Fabricius (fortfahrend).

Und wie ich so recht von Herzen hungere und die Welt verwünsche, geh' ich am Park, an den schönen Häusern hin; — es war in einer großen Stadt, Herr Rolf; wie sie heißt, das interessirt Sie nicht. Und es war Nacht; warme Sommernacht. Alle Fenster dunkel; nur hinter Einem noch Licht. Und das Fenster offen. Und ich steh' am Gitter des Vorgartens, und seh' durch das Fenster einen Mann im Zimmer, der liegt auf dem Sopha, angekleidet, und schläft. In mir ruft eine Stimme — des Hungers Stimme, Herr Rolf —: „Steig' ein! Nimm, was du findest, mach's zu Geld, zu Brod, und dann fort über's große Wasser, in die weite Welt!"

Agathe

(macht jetzt mit Absicht ein Geräusch, um bemerkt zu werden; tritt vor).

Ich bin wieder da, Herr Rolf —

Fabricius

(fährt auf; steht verwirrt; verbeugt sich).

Agathe

(gleichfalls etwas verwirrt; spricht mit Anstrengung).

Der Kleine ist schon im Garten; — Sie verzeihn, nicht wahr? Er wollte durchaus hinein; (bewegt) ach, er jubelte —

Rolf

(ist aufgestanden. Mit verhaltener Innigkeit).

Und Sie nehmen an?

Agathe.

Ach! — Edler, guter Herr Rolf! (Drückt ihm wieder die Hand.)

Fabricius (sieht ihnen zu. Für sich).

Die sind einander gut. (Laut, tief gedrückt.) Ich gehe also, Herr Rolf. Vielleicht, daß ein andermal —

Agathe
(ihn mit Mitleid und Scheu zugleich betrachtend).

Nein; bleiben Sie nur! bleiben Sie! Ich gehe —

Rolf (zu Agathe).

Warum wollten Sie gehn? Ich sehe Ihnen an, Sie haben ein Stück von seiner Geschichte gehört (Agathe nicht verwirrt); nun denken Sie vielleicht schlechter von dem Mann, als er es verdient. (Zu Fabricius.) Sprechen Sie zu Ende! Diese junge Frau wird Sie nicht ungerecht verdammen; denn sie weiß, wie dunkel oft die Wege der Menschen sind. Sehen Sie hin: wie sie bittet, daß Sie weiter reden. Mann, fassen Sie Muth!

Fabricius (demüthig).

Wenn Sie meinen, Herr —

Rolf
(nachdem er Agathe durch einen Blick gebeten, sich zu setzen).

Setzen Sie sich.

Fabricius (weich).

Ich danke Ihnen, Herr Rolf. (Setzt sich. Sieht, daß Agathe noch steht; erhebt sich schnell wieder, demüthig-ritterlich. Erst als sie sitzt, setzt auch er sich wieder, schüchtern wie vorhin.)

Rolf.

Sie hungerten also — und Sie stiegen ein —

Fabricius.

Ja. Ich stieg ein. Es war die gottverlassenste Stunde meines Lebens —

Rolf (sanft).

Etwas lauter, wenn ich bitten darf.

Fabricius.

Wie Sie befehlen, Herr Rolf. Und wie ich unglückseliger Mensch durch das offene Fenster eingestiegen bin, wacht der

Andere auf. Und fährt in die Höhe; und nun seh' ich auf
einmal, daß er ein Riese an Gestalt ist, Herr Rolf. Und
mit eiserner Hand packt er meine Kehle; würgt mich so, daß
ich fast ersticke; schleppt mich zum Sopha hin, — und ich
denke: Herr, mein Gott, mein Gott! Leben, gute Nacht! —
Da nehm' ich die letzte Kraft in mir zusammen; „lassen Sie
mich los, Herr," sag' ich — oder lall' ich — „um Gottes
Barmherzigkeit willen, lassen Sie mich gehn; Ihnen wollt'
ich nichts; — Herr, Sie bringen mich um!" — Aber er läßt
nicht los. Er hört mich nicht, oder er traut mir nicht . . .
Und auf einem Tischchen neben dem Sopha seh' ich ein Messer
liegen; das ergreif' ich, Herr Rolf. Und in der Todesangst —
nun, da stoß' ich zu. Und er fällt zu Boden, dieser Riese;
in die Brust getroffen. „Mörder! Mörder!" ruft er. Ich
aber in die Höhe, und auf's Fenster zu, und in die Nacht
hinaus; — und „Mörder! Mörder!" ruft es hinter mir her.
Und wie wenn sie geflogen kämen, rennen sie mir nach;
und in der wüthenden Angst, grade mit der Stirn prall'
ich gegen einen Baum, und schlage hin; — und da lieg' ich,
ohne Sinn und Verstand, und sie über mich her, und ich bin
gefangen!

Rolf (nach kurzem Schweigen).

Und der Mann starb —

Fabricius.

Herr, so hart strafte Gott mich nicht! Der Verzweif-
lungsstoß ging am Leben vorbei; der Mann stand wieder
auf. und er ward gesund. (In plötzlicher Erregung.) Meine
Richter aber, diese Cannibalen — (erschrickt über das Wort;
sich demüthig verbessernd) Verzeihen Sie, Herr Rolf; ich wollte
nur sagen: es ist lange her; hart, hart war man zu jener
Zeit! Und mir, dem Verbrecher, glaubten sie kein Wort.
Einbruch und versuchten Raubmord nannten sie die
Sache . . . Um Einbruch und versuchten Raubmord ward
ich gerichtet; dreißig Jahre Zuchthaus — — Viel, Herr
Rolf; viel! — Nun ja, wenn's vorüber ist — — Und sechs
von den dreißig hat man mir ja geschenkt. Aber es bleibt
doch immer eine lange Zeit! Als ich wieder herauskam, war
der König von Preußen Kaiser von Deutschland geworden;

in Amerika gab es keine Sclaven mehr; Telegraphenbrähte um die ganze Erde; Eisenbahnen durch große Gebirge hindurch! Und das alles sollte mein grauer Kopf fassen wie ein junger; und mein stilles, eingeschläfertes, eingeschnürtes Hirn sollte sich nicht verwirren; — lieber Gott, es ist schwer. (Steht auf.) Wenn ich in jener Nacht nicht gehungert hätte — — (blickt auf; demüthig ergeben) Doch wie du willst, Richter ohne Appell; wie du willst!

Rolf
(steht auf; Agathe desgleichen).

Ich beklage Sie.

Fabricius.

Ich danke Ihnen, Herr Rolf.

Rolf.

Ich könnte denken, in dieser traurigen Geschichte hätten Sie Dies und Das zu Ihren Gunsten gefärbt (Fabricius schüttelt wehmüthig lächelnd den Kopf; Agathe desgleichen); aber ich denke das nicht. Ich sehe und höre Sie, und ich glaube Ihnen. — Mit was für einem Anliegen kamen Sie zu mir? Was kann ich für Sie thun?

Fabricius.

Wie gut, wie sanft sprechen Sie, Herr Rolf. Sie waren doch nie im Gefängniß, wie ich denke (Rolf verneint lächelnd), und doch reden Sie zu mir wie zu Ihresgleichen! — — Was Sie thun können, Herr Rolf? — Wenn Sie einen Blick aus Ihren milden Augen auf meine Documente werfen wollten —

Rolf
(blickt in die Papiere. Vor sich hin).

Musterhaftes Verhalten — warm empfohlen —

Fabricius.

Nun hab' ich versucht, (leise seufzend) da ich wieder frei bin, von meiner Hände Arbeit zu leben; Drechseln und Schnitzen hab' ich im Zuchthaus gelernt, gut gelernt, — wie Sie dort lesen, Herr Rolf; und wenn ich mich in diesem Geschäftszweig etabliren könnte — — Aber da liegt's. Was ich im Zuchthaus erübrigt habe, reicht dazu nicht hin. Wenn sich nun Jemand fände, der eine Summe an mich wagen wollte; der mir vorstrecken wollte, bis ich's abzahlen kann —

Rolf.

Wie viel brauchen Sie noch, sich zu „etabliren"?

Fabricius (seufzend, mit Anstrengung).

Achtzig Mark, Herr Rolf.

Rolf
(zieht seine Brieftasche hervor und nimmt Banknoten heraus).

Hier haben Sie Ihre Documente und die achtzig Mark (Sucht zu lächeln.) So viel wag' ich an Sie —

Fabricius.

O Herr! Herr —! (Legt die Hand auf seine Brust; schluchzt.)

Rolf.

Danken Sie mir nicht. (Da Fabricius ihm die Hand küssen will.) Lassen Sie meine Hand. Ich bin ein Mensch wie Sie!

Fabricius.

Herr, nichts sagen — nichts sagen — wenn die Brust so voll ist — — Aber wie Sie befehlen. Ich gehe. (Vor Erregung stammelnd.) Ich habe Sie lange belästigt; Sie verzeihen . . . Doch wenn Gott mir's gewährt, daß ich vorwärts komme; daß ich abtragen kann —

Rolf.

Ja, dann kommen Sie wieder. (Reicht ihm die Hand.) Geh' es Ihnen gut!

Fabricius
(streicht gerührt über die Hand, die Rolf gedrückt hat).

Ich danke Ihnen, Herr Rolf. (zu Agathe, die in tiefer Bewegung dasteht) Leben Sie wohl, gute, mitleidige junge Dame — (zu Rolf) Leben Sie wohl! (Geht. Taumelt. Für sich) Dieser Schwindel im Kopf. Einen Augenblick — — (Hält sich an dem Stuhl, der hinten zwischen der Thür und der Commode steht; während Agathe, nicht mehr auf ihn achtend, zu Rolf tritt. Sinkt auf den Stuhl. Das kleine, stehende Bild auf der Commode fällt ihm in die Augen. Er starrt es an; nimmt es in die Hand; steht auf. Stumme

Verwandlung seiner Züge, während des Folgenden: zuerst dumpfes Er-
staunen, träumende Verwirrung; Hinstarren mit offenem Mund; dann
allmälig wachsendes Grauen; er befühlt endlich das Bild, sich selbst,
blickt zögernd und scheu von der Seite auf Agathe, ringt nach Luft.)

Rolf
(unterdessen, ohne Fabricius zu sehn).

Warum schauen Sie mich so an?

Agathe.

Ach, lassen Sie mich Ihnen danken mich in seinem Namen!

Rolf.

Für was? Für ein Nichts?

Agathe.

Dann in meinem Namen —

Rolf.

Noch überflüssiger: denn es ist mein Vortheil, wenn Sie
hinunterziehen. Da wohnen Sie dann neben den Bureaux,
(lächelnd) dienen mir als Schutz für meine Werthpapiere,
meine Kasse — (Wendet, auf einen dumpfen Laut des Fabricius,
unwillkürlich den Kopf. In einer plötzlichen mißtrauischen Regung.)
Sie noch da —

Fabricius (völlig verstört, stammelnd).

Verzeihen Sie —

Rolf.

Was ist Ihnen? — Horchen Sie?

Fabricius.

O mein Herr —

Rolf.

Warum stammeln Sie?

Fabricius.

Ein Schwindel, Herr —

Rolf

(den Agathe mitleidig bittend anblickt, wird wieder ruhig. Für sich).

Wie kommt mir dieser Argwohn auf den armen Menschen.
(Laut.) Es ist gut. Gehen Sie langsam. Adieu!

Fabricius (schwankt zur Thür; für sich).

Mein Bild. Ich bin verrückt. (Läßt das Bild wieder auf die Commode fallen. Dann laut, kaum fähig zu reden) Danke — danke. — Leben Sie wohl. (Hinaus.)

Rolf (sieht ihm nach; mitleidig).

Er ist Freude nicht gewohnt; die hat ihn geschüttelt. — Draußen in der Abendluft wird er zu sich kommen. (Wieder zu Agathe gewandt, mit einem warmen Blick.) Ich muß auch in die Luft; — ich weiß nicht, warum. Dieser Tag war so voll... Ich bin — — Auf Wiedersehn! (Hinaus.)

Elfter Auftritt.

Agathe allein; dann Fabricius.

Agathe.

Ja, dieser Tag war voll; — und mir ist so schwül. (Geht an's Fenster.) Druck und Glück zugleich! — — Liebe, traurige Wohnung! dich werd' ich verlassen!

Fabricius

(tritt wieder ein; bleich und verstört wie vorhin. Für sich).

Er ging an dem Schrank vorbei, ohne mich zu sehn. (Ergreift wieder das Bild; tritt vor. Agathe hört ihn; wendet sich.) Verzeihen Sie, junge Dame —

Agathe.

Großer Gott! was für ein Gesicht —

Fabricius.

Fürchten Sie sich nur nicht. Ich thue Ihnen nichts — wollte nur fragen, junge Dame, (ihr mit zitternder Hand das Bild entgegenhaltend) ob Ihnen das da gehört —

Agathe (nimmt es).

Ja. Wie kommt es in Ihre Hand —

Fabricius.

Um Gottes Barmherzigkeit willen, sagen Sie mir: wie kommen Sie zu dem Bild?

Agathe.

Sonderbare Frage. Zu meines Vaters Bild —

Fabricius

(starrt sie an. Tritt, immer sie anstarrend, zurück. Greift sich in's Haar, in den zugeknöpften Rock vor der Brust. Bricht endlich in ein krampfiges Schluchzen aus, das in Lachen übergeht und wieder als Schluchzen endet).

Ihres Vaters Bild . . . Also da steht mein Kind!

Agathe (wie betäubt).

Was sagen Sie? Was heißt das . . . (Plötzlich begreift sie; fährt sich mit der Hand nach der Brust. Starrt auf das Bild, dann auf ihn; nach Athem ringend.)

Fabricius

(betrachtet sie; mit sinnlosem Lächeln).

So eine Tochter hab' ich also — ich glückseliger Mensch! — Und wohl gar noch ein Enkelkind dazu! Sie sprachen ja wohl von so einem Kleinen —

Agathe.

Heiliger, großer Gott! (Wieder von dem Bild auf Fabricius schauend.) Nein, nein, nein!

Fabricius.

Nicht wahr, Sie hoffen noch, daß ich es nicht bin? Es hilft Ihnen nichts; da ist keine Hilfe; ich bin's. Karl Fabricius. Der Mann der berühmten Sängerin, die sich Frau Ida Reinhold nennt . . . (Mit durchbrechendem Schmerz.) Ja, ja, ja, ich bin's. Der Zuchthaussträfling Karl Fabricius — Nummer so und so — der Einbrecher und Mörder Karl Fabricius — — (Sinkt an einem Stuhl zur Erde, legt Arme und Kopf auf den Stuhl und weint.)

Agathe

(steht zuerst regungslos, blickt dann qualvoll gen Himmel; blickt mit Grauen und Mitleid auf Fabricius. Nähert sich ihm endlich, langsam, mit Scheu. Legt leise eine Hand auf seinen Kopf; doch gleich darauf zuckt die Hand zurück und sie legt beide Hände vor's Gesicht.)

Fabricius

(hebt auf die Berührung den Kopf, wendet ihn zu ihr).

Du berührst mich, Kind — — Verzeihen Sie, wenn ich Sie Du zu nennen wagte; sind Sie ja doch mein Kind. — Nicht wahr, nach dem Bild da kann man mich nicht mehr erkennen; vierundzwanzig Jahre sind eine lange Zeit. Und was für Jahre...Da steig' ich nun in diese Kammer herauf, und das Kind, das ich seit Ewigkeiten todt geglaubt, find' ich hier — (schluchzend) und so schön — so gut...Kind, ich gehe bald; lassen Sie mich nur noch eine kleine Weile so liegen und diesen Schmerz, der mir die Augen zudrückt, stille halten und weinen!

Agathe.

Vater! Vater!

Fabricius.

So wahr ich lebe, sie sagt Vater zu mir. (Faßt ihr Kleid, drückt es an seine Lippen.) Gutes Kind! Nein, das sollst du nicht. So schlecht bin ich ja nicht, daß ich das verlangte. Was fingest du, und dein Kind, mit so einem Vater an ... (Richtet sich auf, an den Gliedern zitternd.) Nein, ich gehe ja fort. Ich meine nur — — wollte nur noch sagen: (mit großer Anstrengung) gar so rettungslos schlecht war ich damals nicht! — Schwach, leichtsinnig wohl; und ein Müßiggänger; und einen Haß, eine Wuth hatt' ich auf die Welt; (vor sich hinstarrend, mit allmälig wachsender Erbitterung) aber diese Frau hatte mich in die Wuth gebracht. Alles hatt' ich ihr geopfert, aus übermäßiger Liebe: meinen Beruf, meine Zukunft, meiner Eltern Segen... Nun war sie auf einmal, wie über Nacht, groß und berühmt geworden; die „himmlische Nachtigall" nannten sie die Leute. Da sah sie über mich weg, wie über einen Mann von Holz, nach den Grafen und Prinzen hin; sagte mir in's Gesicht: „ich bereu' es, daß ich an dich verlorenen Menschen meine Freiheit hingab! Thu, was du willst; geh, wohin du willst; ich halte dich nicht!" — Und wenn ich dann gehen wollte — aber die giftige Kröte, die Eifersucht, mir am Herzen hinkroch — — Bis dieser Abend kam — (Er stampft mit dem Fuß auf die Erde.) Ich war feig' und schwach! Wie ein Hund lag ich ihr zu Füßen: „Ich kann nicht leben ohne dich; ich kann's nicht!

Du sollst ja die Herrin sein; nur verstoß' mich nicht! Oder mit diesem Messer fahr' ich Einem von uns in's Herz!" Aber sie riß es mir fort und stieß mich weg: „Geh', ich verachte dich!" — — Da bin ich in die Nacht hineingelaufen — und weiter und weiter — (mit den Zähnen knirschend) bis in's Zuchthaus hinein. Als wär' sie hinter mir wie ein Feuerbrand, jagte sie mich hinein — dieses Weib, das ich hasse, hasse und verfluche - (Sieht mit wildem Blick empor, zu Agathe hin, die bei seinem letzten Wort zusammenzuckend in einen Stuhl sinkt. Besinnt sich. Stammelnd) Um Vergebung. Ich hab' nicht daran gedacht. Sie ist deine Mutter!

Agathe.

Unglücklicher Mensch —

Fabricius.

Und ich breche da so — wie ein wildes Thier durch den Zaun — in dein Leben hinein. Daß du vielleicht in deiner Seele denkst: Herr, mein Gott, warum schickst du mir diesen Fluch in's Haus; wär' er nur wieder fort! (Sie schüttelt den Kopf.) Sag nicht Nein, aus Mitleid. Du bist jung, — du mit deinem Kind; und euch will's ja wohl gut gehn, wie ich merke. Wenn nun Die da draußen hören: der Zuchthäusler ist ihr Vater — dann ist wieder Alles hin! (Sie ringt die Hände.) Denn daß ich in meiner einsamen Zelle wieder recht-schaffen und gut und rein geworden bin — (schmerzlich ruhig) ja, das kann ich sagen — was hilft es mir in der Welt? — So ein Verein zur Forthilfe für die Entlassenen, zu dem kann ich gehn; zu Kind und Kindeskind kann ich nicht mehr gehn. (Drückt sich in verbissenem Schmerz den Hut auf den Kopf.) Also gute Nacht!

Agathe.

Nein! So nicht fort! — Lieber, lieber Vater! (Umschlingt ihn.)

Fabricius

(faßt sie mit zaghaften Händen, in banger, demüthiger Seligkeit).

Kind! Kind! Wie gut! — Grausam gut —

Hugo (draußen, im Hof).

Mutter! Mutter!

Agathe (fährt zusammen).

Hugo! (Stürzt zum Fenster hin. Blickt von da angstvoll, ver-
zweifelnd auf Fabricius zurück.)

Fabricius

(mit plötzlicher Erschütterung kämpfend).

Siehst du wohl, wie dir die kleine Stimme in die Glieder
fährt. Siehst du, daß ich fort muß . . . (Rafft sich zusammen.)
Höll' und Tod! Ich will den Jungen nicht sehn. Ich drück' die
Augen zu, und an ihm vorbei! (Von ihr abgewandt.) Schau mich
nicht mehr an. Wir haben nur von einander geträumt; du von
mir, ich von dir. (Dem Weinen nahe.) Aber ich danke dir für
den „lieben, lieben Vater" . . . Morgen bin ich fort! Leb'
wohl! (Blickt noch einmal zurück; stürzt hinaus.)

Agathe.

Vater! Vater! (Sinkt in einen Sessel.)

(Der Vorhang fällt.)

Zweiter Aufzug.

Rolf's Garten. Den Hintergrund bildet eine Seite seines Hauses,
die sich nach rechts und links in die Coulisse fortsetzt. Die Hauptfront
des Hauses, nach der Straße zu, ist draußen rechts angenommen; auf
derselben Seite ist ein Eingang in den Garten gedacht, von der Straße
her. Der sichtbare Theil der Gartenfront besteht aus zwei Hälften:
links die beiden Fenster von Agathens Zimmer (Hochparterre, so daß man
im Garten stehend nicht hineinsehen kann), rechts die gleichfalls hoch-
gelegene Thür zu einem Corridor, an den sich noch weiter rechts (zum
Theil unsichtbar) die Geschäftszimmer anschließen. Vor dieser Thür
eine kleine Terrasse, zu der mehrere Stufen hinaufführen. Im Vordergrunde rechts eine nach vorne offene Laube, mit Tisch und Stühlen;
neben ihr stehen Holzkästen mit Pflanzen und Blumen und Kinder-
spielzeug auf der Erde. Vorne links blühendes Gebüsch und eine Bank.

Erster Auftritt.

Frau Wohlmuth, Hugo, dann **Agathe.** Dann **Rolf** und **Abel,** der Gärtner.

Hugo

(steht, von Frau Wohlmuth unterstützt, auf einer kleinen Leiter, die an die Laube gelehnt ist; hat vorn in das Gerank der Laube eine Reihe kleiner bunter Fähnchen gesteckt und angebunden; bindet eben die letzte fest).

Nun sind sie alle oben, alle meine Fahnen. Hurrah! (Klatscht in die Hände.)

Frau Wohlmuth (lacht).

Gut, gut sieht's aus! — — Und nun komm herunter, daß du's von unten siehst. (Er springt mit ihrer Hilfe herab.) Was hat die Frau Mutter gesagt? „Kleiner Mann, jetzt zu Bett!"

Hugo (schüttelt den Kopf).

Noch nicht!

Frau Wohlmuth.

Wir müssen immer thun, was die Mutter will. Auf daß du lange lebest auf Erden. (Agathe folgt den Beiden, von links, mit einem Arbeitskörbchen; träumt vor sich hin.) Also in's Bett, in's Bett! Da ist's lustig, Hugo.

Hugo.

Nein! Ich will noch nicht!

Agathe (blickt auf, verweisend).

Hugo!

Frau Wohlmuth.

Hörst du?

Hugo

(sieht der Mutter fragend in's Gesicht. Dann, da sie seinen Blick ernst und fest erwiedert, geht er gehorsam lächelnd auf sie zu).

Mutter! ich will! — Ich will nur Herrn Rolf erst noch gute Nacht sagen —

Agathe (unterbricht ihn schnell).

Nein, nein!

Hugo.

Da hinten steht er mit dem Gärtner, Mutter. (Zieht sein Taschentuch hervor, schwenkt es.) Herr Rolf! Herr Rolf!

Agathe (beunruhigt).

Still! Laß ihn gehn —

Hugo.

Er thut's gerne, Mutter!

Agathe (für sich).

Ich weiß!

Rolf

(kommt von rechts, der Gärtner folgt ihm).

Kleiner Fahnenschwenker! was soll's?

Hugo.

Nur gute Nacht wollt' ich dir noch sagen. Und dir zeigen, was ich gemacht habe; da! (Deutet auf die Laube und die Fähnchen.)

Rolf (lacht).

Gut gemacht, Kamerad! (mit der Hand über Hugo's Kopf streichend) Er blüht auf, Frau Stern.

Agathe (weich, gerührt).

Wunderbar blüht er auf! In den wenigen Tagen — — Aber ich soll Ihnen nicht danken!

Rolf (lächelnd).

Nein; darum geh' ich fort. Kommen Sie, Abel; bei den neuen Rosen hatt' ich noch Einiges zu wünschen... Warum lächeln Sie?

Abel.

Verzeihen Sie, Herr Rolf. Weil Sie seit einigen Tagen so eifrig im Garten sind, den Sie sonst Wochen lang nicht betreten haben — — Mich freut's, Herr Rolf!

Rolf.

Finden Sie?

Abel (vergnügt).

Ja, seit fünf, sechs Tagen —

Agathe (für sich, langsam nickend).

So lange wohn' ich hier!

Rolf (gemüthlich).

Ich will Ihnen nicht wieder den Kummer machen, Abel, Ihre Herrlichkeiten so viel mit dem Rücken anzusehn. Kommen Sie! (Zu Agathe.) Auf Wiedersehn ... Gute Nacht, Kamerad!

Hugo (gibt ihm die Hand).

Gute Nacht, Kamerad! (Rolf mit Abel ab, vorne links.)

Agathe (für sich, bedrückt).

Es geht so nicht fort!

Frau Wohlmuth (hat Rolf nachgeblickt).

Das ist ein Mann nach dem Herzen Gottes! Einen hab' ich noch gekannt: meinen seligen Mann; — über die Zwei geht nichts. Das sind Unicums!

Agathe.

Ja, Sie haben Recht. (Vorne links auf der Bank, für sich.) Er ist viel zu gut! — — Und darüber vergeß' ich dich fast, armer, armer Vater —

Frau Wohlmuth

(mit einem Strickzeug vor der Laube sitzend, betrachtet Agathe verstohlen; kopfschüttelnd, für sich).

Ich glaub' wahrhaftig, sie hat schon wieder geseufzt!

Agathe

(während Hugo bei den Holzkästen mit seinem Spielzeug spielt, für sich).

Ach, wie konnt' ich dich fortziehen lassen — — Ach, nur um das Kind! — — Nun ist's Abend; nun fährt vielleicht die Mutter durch's Gebirg, dem Abendroth zu, in ihrem großen Wagen in die Ecke gelehnt; freut sich, wie die Berge glühen; seufzt ein wenig, daß sie nun eine Gesellschaftsdame suchen muß, da die Tochter nicht will; — aber in den guten, weichen Polstern ruht sich's so bequem ... Und ein ergrauter, etwas gebückter Mann, armselig gekleidet, blaß, müde, steht da seitwärts am Weg. Ist wohl viel gegangen, kann wohl nicht mehr weiter ... Und die schöne Dame wirft ihm mitleidig, gnädig ein blankes Silberstück zu; 's ist ein Bettler, denkt sie. Was fällt ihr ein! murmelt er gekränkt, und sieht ihr nach; denn wenn ich's auch brauchen kann — — Und sie sieht zurück. Und er starrt sie an; und er fährt zusammen; und er schreit auf: Meine Frau —! (Sie schaudert, legt sich die Hände vor die Augen.)

Frau Wohlmuth
(hat Agathe zuweilen beobachtet. Für sich).

Wenn man nur einmal fragen dürfte: Was ist Ihnen denn, Frau Stern?

Agathe (für sich).

Schreckliche Phantasie! — — Ich will den Knaben zu Bett bringen . . . (Blickt umher. Laut.) Wo ist Hugo? (Der Kleine duckt sich hinter die Holzkästen.)

Frau Wohlmuth (etwas unruhig).

Schau, schau, der ist weg! (Erblickt ihn; lacht. Leise.) Hat sich versteckt, der Spassettelmacher! (Laut.) Schneckemaus, komm heraus!

Hugo (tritt vor).
Jetzt geh' ich zu Bett!

Agathe.

Lieber Schelm! So komm! — Ich sehe Sie noch, Frau Wohlmuth —

Frau Wohlmuth.

Freilich, freilich! Werd' noch die Ehre haben — — (Agathe mit Hugo hinten links ab; Hugo läuft voran.)

Zweiter Auftritt.
Frau Wohlmuth. Dann Ida.

Frau Wohlmuth.

So recht froh ist sie nicht! Hab' mir's anders gedacht... Ach mein Gott! Und die Leut'! Fünf Tag' oder sechs ist's her, daß wir hier unten auf den Garten wohnen — und ich glaub', fünfhundert böse Reden sind schon laut geworden über

die arme Frau Stern und diesen herrlichen Mann! (Sich plötzlich ereifernd.) „Nicht gescheidt seid ihr!" sag' ich zu den Leuten:
(nach hinten links deutend) „hier wohnt die Frau Stern, (nach)
rechts und hinten deutend) und da drüben, nach der Straße zu,
wohnt euer Herr Rolf!" — Aber die Neidhämmel die . . . .
Und daß er jetzt auch alleweil in den Garten kommt — —
(Ida tritt auf, von rechts; tief verschleiert; vorsichtig und leise.) Und
meine Frau Stern so gedrückt und still; (greift in ihre Tasche)
und dieser unheimliche Brief, den mir heut auf einmal Jemand
zugesteckt hat — der mir in der Tasche brennt wie Zunder
— — (Sieht jetzt Ida, die vor ihr steht; erschrickt.) Jesus! Der
Schreck!

> **Ida** (die Stimme dämpfend).
>
> Bitte, nicht so laut. — Sie erkennen mich nicht —

> **Frau Wohlmuth.**
>
> Aber wie sollt' ich Sie nicht erkennen; die feine Dame
> von damals, mit den hochfeinen Blumen und den nassen
> Augen. Jesus! Jesus! Und von Ihnen der Brief da —
> (Blickt in lebhafter Unruhe nach Agathens Fenstern.)

> **Ida.**
>
> Bitte, nicht so laut! — — Kann man uns hier sehn?

> **Frau Wohlmuth.**
>
> Freilich, freilich: da sind ja die Fenster —

> **Ida**
> (zieht sie am Arm vor die Laube).
>
> So kann man uns hier nicht sehn. (Ihre eigene Unruhe
> bemeisternd.) Ich bitte sehr, stöhnen Sie nicht so laut!

> **Frau Wohlmuth.**
>
> Aber, gnädige Frau! Wie komm' ich altes Inventarium
> dazu, diese Heimlichkeiten —

> **Ida.**
>
> Sie haben meinen Brief doch gelesen, denk' ich? (Sie nickt.)
> Also wissen Sie, daß ich (nach den Fenstern deutend) ihre Mutter
> bin (Frau Wohlmuth nickt, die Hände ringend); daß sie — mir
> jetzt gram ist; daß ich abgereist war — in's Gebirg' hinein.

(Frau Wohlmuth nicht von Neuem.) Aber ich hielt's nicht aus;
— gute Frau, begreifen Sie das nicht, wenn man ein Enkelkind hat; so ein holdes Kind; das man verlassen soll —
einsam wie man ist — — fühlen Sie mir das nicht nach,
gute Frau —

Frau Wohlmuth

(ergreift gerührt, plötzlich Ida's Hand, drückt sie stark. Läßt sie dann
ebenso plötzlich wieder los, um sich verlegen und ehrerbietig, gleichsam
abbittend, zu verneigen).

Bitte um Vergebung für die Vertraulichkeit — (Für sich.)
O Heiland! was hat sie für 'ne kalte Hand. (Laut.) Arme
gnädige Frau! So jung und fein, und schon Großmutter —

Ida.

Ach, dürft' ich's nur sein! An diesen Kleinen hab' ich
ja schon mein Herz verspielt; — und nun muß ich fort.
Wenn Sie fühlen können, was das heißt (Frau Wohlmuth nicht
mitleidig), nun, so helfen Sie mir! daß ich ihn einmal
noch sehe!

Frau Wohlmuth (wie hilflos).

Aber bedenken Sie —!

Ida (ihre Hand fassend).

Bedenken Sie, was ich leide! — Nur ein einziges
Mal; — nur an sein Bettchen, wenn er schläft, lassen Sie
mich treten. Daß ich wenigstens noch das Gesichtchen sehe;
daß ich ihn sacht, ganz sacht auf die Stirne küsse; ihm ein
kleines Löckchen von der Schläfe schneide, ohne daß er's merkt.
Und dann will ich gehn — und nicht wiederkommen —

Frau Wohlmuth (tief gerührt).

Das ist ein hartes Wort! — Hab' drei Kinder gehabt,
die kamen auch nicht wieder; (aufblickend) der liebe Gott schrieb
sie in das andere Buch. Nun gar von was Lebendigem
solchen Abschied nehmen —

Ida.

Helfen Sie mir! Verlassen Sie mich nicht! — Nur ein
Löckchen von ihm als Andenken; (zieht ein goldenes Medaillon aus

der Tasche) dieses Bild von mir, aus der Jugendzeit, laß' ich
ihm dafür da. Er soll es behalten, auch als Andenken —

Frau Wohlmuth
(das Bild gerührt betrachtend).

Ja, ja, ja! — Was für ein schönes, schönes Medaillon
— und wie kostbar! — Und wie wenig die gnädige Frau
sich verändert haben —

Ida (seufzt; dann, doppelsinnig).
Doch wohl mehr, als Sie denken!

Frau Wohlmuth (mitleidig).

Gnädige Frau, — die Mutter ist jetzt bei dem Kind.
Aber vielleicht, wenn sie wieder fortgeht — — (plötzlich, lebhaft
Ida's Arm fassend) Jesus! Jesus! — Ich hör's!

Ida
(läßt vor Schreck das Medaillon auf einen der Holzkästen fallen, die
neben der Laube auf der Erde stehn).

Was, was hören Sie —

Frau Wohlmuth
(zieht sie weiter nach rechts, daß die Laube sie beide ganz gegen hinten
deckt. Lugt dann um die Ecke nach Agathens Fenstern, wo diese sichtbar
wird).

Bin ich erschrocken . . . Gnädige Frau, sie geht! —
Aber sie wird ja wieder in den Garten kommen —

Ida.

Also fort, fort, fort! — Und nun über dem Schreck das
Medaillon verloren — und ich sehe nicht —!

Frau Wohlmuth.

Ich will suchen —

Ida (angstvoll).
Nein, jetzt nicht! Später! Fort, fort!

Frau Wohlmuth.

Wenn's Ihnen beliebig wäre, führt' ich Sie in mein
Zimmer und von da zum Kind — —

Ida.

Ja, ja, ja!

Frau Wohlmuth.

Ich bin eine ungetreue, gewissenlose Person, daß ich mich zu solchen Heimlichkeiten —

Ida (sie fortziehend).

Sie wird kommen! Fort!

Frau Wohlmuth (nach oben blickend).

Rechne mir's nicht an! Rechne mir's nicht an! (Ab mit Ida, nach links.)

Dritter Auftritt.

Agathe; dann Rolf. (Langsame Verdunkelung während dieser Scene.)

Agathe

(ist während der letzten Reden aus ihrem Zimmer in den Corridor getreten; kommt nun von da auf die Terrasse. Hat das Bild aus dem ersten Aufzug in der Hand, betrachtet es; tritt langsam vor).

Ach, so muthig, so weltlustig, so auf sich vertrauend sieht er nicht mehr aus! — Und doch besser, mein' ich; traurig rührend — (Sie sieht Rolf von links wieder auftreten, erschrickt; bedeckt das Bild mit der Hand.)

Rolf (harmlos lächelnd).

Was verbergen Sie so? (Sie schweigt verwirrt. Rolf zart) Sie haben da vermuthlich Ihres Mannes Bild —

Agathe (nicht zögernd, tonlos).

Ja.

Rolf.

Wenn ich störe, so sagen Sie's; ich gehe —

Agathe

(läßt das Bild in den Busen gleiten. Mühsam lächelnd).

O nein!

Rolf
(gleichfalls in verhaltener Bewegung).

Ich war nie verheiratet; aber ich begreife ... Man sagt mir, es war ein Mann, der 'ne Zukunft hatte; — und so jung zu sterben — —

Agathe.

Und ein edler Mann! Gut und warm — (dankbar lächelnd) wie Sie —

Rolf.

Ich soll schon wieder hören, daß Sie mir dankbar sind!

Agathe.

Nein, Herr Rolf; das nicht ... Aber wirklich — wenn Sie wüßten — (Stockt.)

Rolf.
Was?

Agathe.

Wie all' Ihr Reden und Thun mich an ihn erinnert — — (sucht zu scherzen) Er machte es Denen auch nicht leicht, denen er Gutes that: denn er that auch zu viel! — Und wenn er nur im Kleinen thun konnte, was Sie im Großen, — weil er noch hart mit dem Leben kämpfte; wenn er sich schon niederlegen mußte, eh' es so recht in die Höhe ging: den Weg hinauf hätt' er auch gefunden! — — Ihnen ward es besser: Sie hatten immer festen Boden unter den Füßen — und nun sind Sie groß —

Rolf (lächelt).
Groß! Ich fange an!

Agathe (nickt).

Ja, so hätte er auch gedacht! — Immer hör' ich ihn, wenn Sie so schlicht zu mir reden. — Und im Uebrigen — (vor sich hin träumend, unbewußt) Schön war er wohl auch nicht —

Rolf (heiter).
Für dieses „auch" meinen ergebensten Dank!

Agathe.

Um Gottes willen — was hab' ich gesagt. (Ueberaus
verlegen.) Wie kommt mir solcher Unsinn auf die Lippen —
von dem ich selber nichts weiß —

Rolf (nimmt ihre Hand).

Kränken Sie sich nicht. Mich haben Sie nicht gekränkt!

Agathe (zieht die Hand leise fort).

Verzeihen Sie . . . Nur von meinem Mann wollt' ich
reden —

Rolf (harmlos).

Und Sie redeten auch von mir. (Wärmer.) Denken Sie
denn nicht, daß mich das beglückt?

Agathe (verwirrt).

Was?

Rolf.

Daß Sie mich und ihn so zusammendenken . . . Liebe
Frau Stern!

Agathe (leise).

Bitte, lassen Sie meine Hand . . . Ich wollte nur sagen:
jener Menschenfreund, von dem Sie gestern erzählten — der
edle Mann, (mit geheimer Rührung) der sein Leben lang für
die armen Gefangenen so großherzig und so unermüdlich
wirkte —

Rolf (feurig).

John Howard — mein Ideal —

Agathe (nickt).

Bei Allem, was Sie mir von John Howard sagten,
hab' ich im Stillen an meinen Mann — und an Sie gedacht.
Er und Sie hätten das auch gethan —

Rolf (lebhaft abwehrend).

Was reden Sie da, Frau Stern! Mich mit dem großen
John Howard zu vergleichen — was für ein Gedanke! Ich
hab' nur den guten Willen; aber diesem Mann — von
dem so Viele nichts wissen — dem hat die Menschheit zu

danken! (In wachsendem Feuer.) Ein göttlicher Mann, Frau
Stern! Alles, Alles durch sich — ein einzelner Mann, und
ein schlichter Mann — der halb Europa endlich dahin brachte,
aus gräßlichen Kerkerhöhlen menschliche Behausungen zu machen;
der sein Leben daran setzte — — Ich wollte Ihnen ja vorlesen, wie er das gemacht hat! Das ist ein Wunder, Frau
Stern; (auf den Tisch in der Laube deutend, den einige Bücher bedecken)
und da liegt das Buch! Wenn Sie ein Herz für den Mann
haben, müssen Sie es hören —

Agathe (beengt).

Jetzt?

Rolf.

Wann denn sonst? Junker Hugo schläft; und über Tag
haben wir ja nicht Zeit, weder Sie noch ich! — Das wird Sie
begeistern, wird Sie erheben, Frau Stern; und wenn Sie
dabei an jenen Unglücklichen denken, den Sie neulich sahen, der
in seiner Zelle vierundzwanzig Jahre — — Was haben Sie?

Agathe (schwach).

Nichts. — Sie haben Recht; (weich) o lesen Sie mir das
vor! (Blickt dann unruhig um sich.) Aber Sie erlauben — —
Frau Wohlmuth!

Rolf.

Warum rufen Sie?

Agathe.

Frau Wohlmuth! — — Warum? Sie soll mit dabei
sein, denk' ich —

Rolf (nach kurzem Schweigen).

Sie haben Recht, Frau Stern. — Ja, Sie haben Recht!

Vierter Auftritt.

Die Vorigen. Frau Wohlmuth.

Frau Wohlmuth
(kommt von hinten links gelaufen).

Bin schon da! Was gibt's?

Agathe (zur Terrasse gehend).

Herr Rolf wird's Ihnen sagen; bleiben Sie nur hier. (Zu Rolf.) Ich gehe, die Lampe zu holen — (für sich) und trage das Bild hinein —

Frau Wohlmuth.

Das kann ich ja thun! (Agathe wehrt sie mit einer Handbewegung ab; tritt über die Terrasse in's Haus.) Wozu die Lampe, Herr Rolf? (Für sich, unruhig.) Und meine Dame — wie kommt Die wieder fort — — Und das Medaillon, das noch daliegt —

Rolf (setzt sich).

Nicht wahr, Sie lieben ja auch die Bücher und die Literatur?

Frau Wohlmuth.

Literatur? Poesie? (Mit aufgeregten Geberden.) Gnädiger Herr, ich lass' mein Leben für die Poesie!

Rolf (lächelt).

Sie lesen ja auch Ihren Goethe, Ihren Schiller —

Frau Wohlmuth.

Meinen Schiller! O Gott! — „Cabale und Liebe" — hab's auch einmal im Hoftheater gesehen, Herr Rolf — (mit feurigem, doch natürlichem Pathos) „Du bist verrathen, Ferdinand! Ein Bubenstück ohne Gleichen zerriß den Bund uns'rer Herzen" —

Rolf
(während Agathe, in ihrem Zimmer sichtbar, die Lampe anzündet).

Sie hätten zu den Komödianten gehört, statt zur feinen Wäsche! — — Aber wenn Sie mir einstweilen ein Glas von Ihrer guten Limonade geben wollten, liebe Frau Wohlmuth —

Frau Wohlmuth.

Wie gern, Herr Rolf! Welche Ehre! — In diesem Augenblick hab' ich frische gemacht — (für sich) für die Dame, dacht' ich; — die muß warten! (Laut.) Um den alten Miller hab' ich auch gar viel weinen müssen; so 'ne einzige Tochter hergeben, mein Gott — (treuherzig) und an der Frau hatt' er nicht viel Gutes, Herr Rolf —

Rolf.

Davon hernach mehr, Frau Wohlmuth!

Frau Wohlmuth.

Jesus! Die Limonade. Gleich, gleich, gleich! (Läuft nach hinten links. Bleibt noch einmal stehn; kommt zurück.) Limonade... Das ist auch eine schöne Stelle, ein Hauptwort, da überläuft's mich: (mit fürchterlichem Ausdruck) „Deine Limonade war in der Hölle gewürzt. Du hast sie dem Tod zugetrunken" —

Rolf (scherzend).

Ich gehe selbst!

Frau Wohlmuth.

Jesus! Jesus! Jesus! (Stürzt ab.)

Agathe
(kommt mit der Lampe. Mit etwas unsicherer Stimme).

Ich wäre bereit.

Rolf
(tritt an den Tisch in der Laube, nimmt das Buch).

Noch heute Nachmittag las ich in dem Buch... (Blickt Agathe an.) Oder wollen Sie nicht?

Agathe.

Doch, Herr Rolf.

Rolf (lächelnd).

Also hier unter den Fahnen unseres kleinen Herrn! (Setzt sich; Agathe desgleichen.)

Frau Wohlmuth
(kommt zurück, ein Glas mit Limonade in der Hand).

Hab' etwas verschüttet; bitte um Vergebung.

Rolf.

Ich danke Ihnen, Frau Wohlmuth. (Nimmt das Buch. Zu Agathe) Also ich fange an!

Frau Wohlmuth.

Sie wollen wohl vorlesen —

Rolf

(der sie mit verstohlener Heiterkeit betrachtet).

Ja.

Frau Wohlmuth (für sich).

Das ist das Höchste! — — Ach! (Wirft einen Blick schmerz-
licher Entsagung auf das Buch; will gehn.)

Rolf.

Sie möchten zuhören, scheint mir.

Frau Wohlmuth.

Ich? O Gott!

Rolf.

Nun, so bleiben Sie da.

Frau Wohlmuth.

Himmlischer Vater! Deise Ehre! (Plötzlich erschrocken, für
sich.) Und meine gefangene Dame — die Großmutter —

Rolf.

Nehmen Sie gefälligst einen Stuhl; setzen Sie sich.

Frau Wohlmuth.

Wenn Sie erlauben — — O Gott! (Für sich.) Die bleibt
bei dem Kind!

Rolf

(sieht, daß der dritte, letzte Sessel mit einem großen Folianten belegt ist).

Räumen Sie ruhig ab. (Frau Wohlmuth verneigt sich; nimmt
den Folianten, legt ihn sich auf den Schooß und sitzt nun steif, voll Er-
wartung da.) „Der große Reformator des Gefängnißwesens, der
„Menschenfreund“ John Howard —“

Frau Wohlmuth

(unruhig auf ihrem Sessel hin und her; in Verzückung, halb für sich).

Darüber geht nichts! (Läßt den Folianten zur Erde fallen.)

Rolf.

Nun?

Frau Wohlmuth.

Bitte hunderttausendmal um Vergebung! — Was bin
ich für ein Geschöpf! (Will das Buch aufheben.)

Rolf.

Laſſen Sie liegen; ſitzen Sie nur ſtill! — „Der Menſchen-
freund John Howard, einer der beſten Menſchen, die die Erde
trug" —

Frau Wohlmuth

(ſpricht, während er lieſt, halblaut vor ſich hin; ſtöhnt jetzt vor Bewegung und Glückſeligkeit auf)

Rolf

(ſchlägt unwillkürlich das Buch zuſammen).

Aber was haben Sie?

Frau Wohlmuth.

Jeſus! Jeſus! Hab' ich etwas gethan?

Rolf.

Ein ganzes Publicum ſteckt in der Einen Frau! — —
Ich fange noch einmal an —

Fünfter Auftritt.

Die Vorigen; Demmler, Käthchen und Friederike (gleichfalls eine junge
Handſchuhmacherin; kommen von rechts).

Demmler

(untadelhaft nüchtern und würdevoll; tritt vor, während die beiden
Mädchen noch im Hintergrund ſtehen bleiben und, auf Rolf und Agathe
blickend, mit einander flüſtern).

Verzeihen Sie gütigſt, wenn ich ſtöre, Herr Rolf. Aber
(mit einem Seitenblick auf die Mädchen) bei dieſer Gelegenheit muß
ich Ihnen vor allem Andren ganz gehorſamſt melden: (nach
rechts hinaus deutend) draußen, auf der Straße, ſah ich heut
Abend wieder denſelben Mann —

Rolf

(mißmuthig über die Störung).

Was für einen Mann?

Demmler.

Von dem ich Ihnen ſchon ſagte: der hier all dieſe Tage
ſo expreß herumſchleicht; alt, etwas grau, (herablaſſend) wie

ein Proletarier gekleidet. Jeden Abend studirt er unser Haus, steht an der Gartenmauer —

Rolf.

Sagen Sie mir's, wenn er wiederkommt! — Was wollen die Mädchen da?

Demmler.

Sie haben ein Anliegen, Herr Rolf —

Rolf.

Zu so später Zeit? (Steht auf.)

Käthchen

(tritt vor; schüchtern, während Friederike kecker und dreister folgt).

Verzeihen Sie, Herr Rolf. Wir kommen im Auftrag —

Rolf.

Von wem?

Käthchen.

Von den Mädchen, die in Ihrer Fabrik arbeiten, Herr Rolf.

Friederike.

Sie haben Eine von uns, die Doris Winter, Knall und Fall entlassen —

Rolf.

Weil sie öffentliches Aergerniß gab; wie es am wenigsten einem Frauenzimmer zukommt. Sie werden nicht den Auftrag haben, hoff' ich, sie zu vertheidigen!

Käthchen (sanft).

O gewiß nicht, Herr Rolf. Aber vielleicht — daß Ihre bekannte Güte —

Friederike

(mit einem etwas unverschämten Blick auf Agathe).

Es kommt ja auch sonst Manches vor, Herr Rolf —

Agathe

(sieht diesen Blick; fährt zusammen, erblaßt, steht auf).

Rolf

(bemerkt dies alles. Sich mühsam fassend, zu Friederike).

Mit einander zu disputiren, stehen wir wohl nicht hier.
Auch bin ich hier nicht im Geschäftsbureau, wo man mich
sprechen kann, wenn Feierabend gemacht wird. Jetzt ist es
Nacht. Also gute Nacht.

Friederike.

Sie sind sehr ungnädig mit uns, Herr Rolf; (wieder von
ihm auf Agathe blickend) so sind Sie nicht gegen Alle; sondern
im Gegentheil. Darum dachten wir —

Rolf (gereizt, scharf).

Gute Nacht!

Käthchen

(wirft einen tadelnden Blick auf Friederike; dann schüchtern, sanft).

Wir gehen, Herr Rolf. (Leise zu Agathe, die vor Empörung die Hände zusammenbrückt und die Lippe beißt.) Sie sind dir
neidisch; — ich nicht. Laß sie schwatzen —

Rolf.

Demmler, begleiten Sie —!

Friederike.

Wir gehen ja schon. (Wieder mit flüchtigem Seitenblick auf
Agathe.) Wir hatten nur gemeint, etwas Nachsicht — von
wegen — —

Rolf (plötzlich wild).

Verlassen Sie mein Haus!

Käthchen

(fährt zusammen; faßt sich dann, und verneigt sich stumm, gleich
Friederiken, die nach rechts verschwindet. Will ihr nach; noch rasch zu
Agathe, leise, gutmüthig).

Die Doris Winter hat auch schon ein Lied auf dich gemacht; — aber ich sing's nicht mit! (Leichtfertig lächelnd.) Sei
glücklich; nur zu! (Sich nochmals verneigend und wie um Verzeihung bittend.) Gute Nacht, Herr Rolf. (Rechts ab.)

Rolf

(thut ein paar Schritte den Mädchen nach; bleibt dann, wie im Gefühl seiner Ohnmacht, stehn. Wirft einen verstohlenen Blick auf Agathe, die zu sinken droht und nach Fassung ringt. Die Andern verlegen, stumm; langes Schweigen).

Frau Wohlmuth (um etwas zu sagen).

Ich seh' einmal nach dem Kind. (Neue Stille. Sie geht langsam nach links; bleibt dann horchend stehn.)

Gesang einer Stimme
(draußen rechts, auf der Straße).

Mein Schatz ist ein Hausherr,
Ein Hausherr muß sein;
Er gibt mir die Wohnung,
Und der Schlüssel bleibt sein.

Demmler (für sich; zornig).

Das ist die Doris Winter; draußen auf der Straße! (Leise ab, nach rechts.)

Zwei Mädchen (draußen).

Dibiralla lala,
Dibiralla lala,
Dibiralla diralla
Diralla lala! *)

Rolf

(horcht einige Augenblicke; dann, da es still bleibt, geht er langsam wieder auf die Laube zu. Mit erzwungener Ruhe).

Vielleicht lesen wir weiter —

Gesang einer Stimme (draußen).

Mein Schatz ist die Tugend,
Vor der Welt muß sie's sein;
Doch wenn sie hinausgeht,
Bin ich auch nicht allein!

---

*) Melodie des Volksliedes: „Mein Schatz is a Reiter" :c.

Die beiden Mädchen
(einfallend, sich allmälig entfernend, zuletzt verhallend).

Dibiralla lala,
Dibiralla lala,
Dibiralla biralla
Diralla lala!

Frau Wohlmuth (aufathmend, für sich).

Endlich gehen sie fort. — Neidkragen ihr! Natterngezücht!
(Blickt in stummem Mitleid auf Agathe; wischt sich eine Thräne fort.)
Aus der Vorlesung wird heut nichts! (Schleicht nach links hinweg.)

Sechster Auftritt.
Rolf. Agathe.

Agathe
(hat während des ersten Gesangs in die Luft gestarrt, beim zweiten
die Augen geschlossen; wankt jetzt stumm der Terrasse zu).

Rolf (ihr nach. Mit Mühe).

Wo wollen Sie hin?

Agathe.

Fort.

Rolf (nach kurzem Schweigen).

Schlafen gehn?

Agathe.

Vielleicht. — Und dann morgen fort!

Rolf.

Frau Stern —!

Agathe.

Bitte, lassen Sie mich —

Rolf.

Nein! Noch ein Wort! — Mich und mein Haus wollen
Sie verlassen —

Agathe.

Ja.

Rolf.

Weil diese Menschen da draußen — nein, Menschen nicht — dumme, giftige, vernunftlose Thiere —

Agathe.

Warum schelten Sie so? Sie fühlen doch selbst, ich muß fort. Um Ihretwillen und um meinetwillen. Lassen Sie mich gehn!

Rolf

(blickt ihr voll Innigkeit in die Augen).

Nein. — Ich hab' noch was auf dem Herzen, und das muß heraus! (Ergreift ihre Hand, zieht sie langsam nach vorne zu.) So wahr ich lebe, ich meinte es gut, Frau Stern, als ich Sie bat, mit Ihrem blassen Knaben hier unten reine Luft zu athmen (sie nickt wehmuthsvoll); und doch war's nicht gut! Es war doch viel zu viel „liebes Ich" dabei; ich, der ich mir den edlen, selbstlosen John Howard zum Ideal genommen, ich war ein Egoist — dachte zu viel an mich und an meine Freude — zu wenig an Sie und die schlechte Welt. Nun stehen Sie da, Thränen in den Augen, Bitterkeit im Herzen! Und doch habe ich Sie so lieb ... (Agathe fährt zusammen.) Liebe, liebe Frau Stern! Bleiben Sie, wo Sie sind, diesen Menschen zum Trotz; (sie starrt ihn an) ja! als meine Frau!

Agathe (stammelnd).

Ihre Frau —

Rolf.

Dieser Augenblick wirft's aus mir heraus; aber ich fühl' es längst; seit Sie in mein Haus kamen, war es gleich so sonderbar, wie Sie auf mich wirkten — und seit jener traurigen Scene trug ich Sie im Herzen! — Die Welt denkt, wir sind ungleich, weil — weil ich habe und Sie nicht; — diese Welt von Kindern, die immer mit Zahlpfennigen spielen; — darum verlästern sie Sie auch und singen Lieder auf uns. Ich aber, ich fühle tief, wie gleich Sie mir sind ... An Kopf und Herz ... Und sind Sie nicht einsam

wie ich? Ohne Mutter — denn Sie lieben sie nicht — ohne
Vater — (Agathe erschrickt, wendet sich ab.) Was ist Ihnen?

Agathe (ihn verstört anblickend).

Nichts —

Rolf.

Wieder dieser Blick, der in diesen Tagen oft so plötzlich
— — dieses Gramgesicht. Lassen Sie Sonne hinein —

Agathe (matt).

Reden Sie nicht mehr. (Für sich.) Vater! Vater! (Tritt
zurück. Laut.) Es kann nicht sein! Niemals!

Rolf.

Warum kann es nicht sein —

Agathe.

Fragen Sie nicht! Sagen kann ich's nicht! (Nach Gedanken
und Worten suchend.) Was wollen Sie mit mir, so einem ge-
ringen, mißachteten, verlassenen Geschöpf? Sie, der Sie hinauf-
streben — der Sie auch dem Staat etwas leisten wollen —
der Sie von Ihren Mitbürgern geachtet und geehrt sein
wollen —

Rolf.

Und das verlör' ich durch Sie, wenn Sie meine Frau
sind? (Herzlich.) Verzeihen Sie: das hat nicht Sinn und Verstand! — — Denken Sie an Ihr Kind —

Agathe (in tiefem Schmerz).

Ach, mein Kind! Mein liebes Kind! (Abgewandt, für sich.)
Darum verleugn' ich dich ja, armer unglücklicher Vater —

Rolf.

Und denken Sie auch an uns; (liebenswürdig lächelnd) sind
wir nicht auch auf der Welt? — Und wenn mich Ihr warmer
Blick nicht verblendete —

Agathe.

Ach, reden Sie mir nicht so zum Herzen, haben Sie Erbarmen; Sie wissen nicht, was Sie thun! (Wendet sich, flieht zur

Terraſſe. Für ſich.) Ich kann's nicht ſagen — dürft's ihm nicht verſchweigen —

Rolf (folgt ihr bis zu den Stufen).

Ich rede alſo doch zu Ihrem Herzen, Agathe?

Agathe
(mit einem flüchtigen Blick der Liebe).

Fragen Sie mich nicht! — Haben Sie mich wirklich lieb, ſo laſſen Sie mich allein!

Rolf (hoffend).

Bis morgen, Agathe —

Agathe (matt).

Ja, bis morgen. — Haben Sie noch für Alles, Alles Dank . . . Gute Nacht! (In's Haus.)

Siebenter Auftritt.

Rolf allein. Dann **Demmler.**

Rolf.

Sie will fort? — Nein, nein, nein. (Mit glücklichem Lächeln.) Nein, bei dieſem einen Blick ſah ich ja in ihr Herz. Sie iſt mein, und ſie ſoll nicht fort! Nur dieſer Geſang, dieſe elenden Geſchöpfe haben ſie verſtört; — nur ruhig! Das wird vergehn—

Demmler (kommt von rechts).

Das iſt ſtark, Herr Rolf. Das muß ich melden, Herr Rolf.

Rolf.

Was?

Demmler.

Dieſer verdächtige alte Mann, von dem ich ſagte — eben ſah ich ihn wieder, und zwar hier im Garten. In Ihrem Garten, Herr Rolf!

Rolf (zerſtreut).

Wie kam er herein?

Demmler.

Diese maleficienten Frauenzimmer, die Fabrikmädchen, haben beim Fortgehen die Gartenthür nach der Straße —

Rolf.

Offen gelassen —

Demmler.

Ja; (entrüstet) daß man sie besser sollte singen hören — (Rolf winkt ihm, davon zu schweigen.) Da hat sich dann offenbar der Alte hereingeschlichen —

Rolf.

Hm!

Demmler.

Daß er uns etwas bringen will, glaub' ich nicht, Herr Rolf!

Rolf.

Warum hielten Sie ihn nicht an?

Demmler

(mit einem unfreiwilligen Ausdruck furchtsamer Bedenklichkeit).

In der Dunkelheit — zwischen den Gebüschen — — Auf einmal war er mir wieder aus den Augen, Herr Rolf.

Rolf.

Holen Sie den Gärtner; spüren Sie beide ihm nach. Ich mache Sie verantwortlich, daß Sie ihn mir finden! (Demmler legt betheuernd die Hand auf's Herz.) Geben Sie auch den Schutzleuten, die auf der Straße patrouilliren, einen vorläufigen Wink; — mehr nicht. Denn es könnte doch immer noch ein harmloser Mensch sein — (Demmler lächelt ungläubig.) Gehen Sie. (Demmler ab, rechts. — Rolf, nach Agathens Fenstern blickend.) Dunkel. — Nun ist sie wohl im andern Zimmer, bei ihrem Kind. — Da kommen ihr vielleicht bessere Gedanken ... Ich will's hoffen. Ich hoffe. (Glücklich erregt.) Ich bin so voll Jugend, Hoffnung und Vertrauen! — — Ich will noch einmal auf die Straße treten; in's Zimmer tauge ich nicht; Ruhe hab' ich nicht. Sternennacht — Einsamkeit — hoffende Gedanken. (Zu Agathens Zimmer gewendet, innig.) Morgen mehr! Gute Nacht! (Ab nach rechts.)

Achter Auftritt.

Fabricius. Agathe mehrmals sichtbar. Später **Ida** und
Frau **Wohlmuth.**

Agathe

(erscheint an einem ihrer dunklen, noch geöffneten Fenster; schließt es,
läßt den Vorhang herunter, wird unsichtbar. Bald darauf Licht hinter
diesem Vorhang, das in ihrem Zimmer einen dämmernden Schein verbreitet).

Fabricius

(kommt von links, vor dem Gebüsch; vorsichtig und scheu).

Alles still. Endlich! — — Bei meiner Tochter Licht...
Gutes, armes Kind! Nur nicht böse sein, wenn ich dir noch
einmal vor die Augen komme; nur nicht die Hände ringen
und sagen: bist du noch nicht fort? (Wie zu ihr redend.) Kind,
ich konnte nicht! Damals rannt' ich so fort, in der Verzweiflung . . . Ach, nur einmal, einmal noch dich sehn — und
dir sagen: „Zeige mir dein Kind!" (tief athmend) Nun ja! und
dann in Gottes Namen Ade! — — (Auf die Laube blickend.)
Hier auf der Leiter stand vorhin das Kind; — durch die
Gartenthür sah ich's. (Auf die Fähnchen deutend, mit gerührtem
Lächeln.) Also das war sein Werk! — Wenn ich mir eins
davon herunterholte — — (Blickt auf die Holzkästen an der Laube,
wie wenn er von da hinauflangen wollte.) Was blitzt denn da unten?
(Hebt das Medaillon auf, hält es näher zur Lampe, starrt es verwundert an.) Mir war doch einen Augenblick, als wäre das — —
Ida Reinhold's Bild. Die schönen Augen, die kalten — —
Ja, bei Gott! Ja, es ist ihr Bild. Wie die Augen mich anschauen — für die ich einst Alles hingab — (bitter lächelnd)
Alles, Alles . . . (Blickt nach hinten.) Hat sie's ihrem Kind geschenkt, dieses Jugendbild? So will ich's dem Kind denn auch
wiedergeben — (Plötzlich erschreckend.) Kommt Jemand? (Löscht die
Lampe aus. Tritt zurück. Horcht. Tritt wieder vor.) Nein. Niemand kommt. — Vorwärts denn! Irren kann ich ja nicht!
(Mit halbem Lächeln.) Hab's so nach und nach schlau heraus-
gebracht: rechts die Bureaux — da ist nun Grabesstille;
klopf' ich links, klopf' ich bei meinem Kind. Und ich werd'
ja wohl die Thür auch im Dunkeln finden . . . (Geht zur
Terrasse hinauf. Nach Athem ringend.) In jener Nacht, als ich

in's Fenster stieg, war mir die Luft nicht so knapp, wie heut.
(Gibt sich einen Stoß.) Vorwärts! Stehlen willst du ja heute
nicht! (Oeffnet leise die Gartenthür. Horcht zurück, wieder erschreckend.)
Still! Wer kommt? — Schritte; Worte . . . Die erst vor=
über lassen —! (Tritt in's Haus.)

Ida

(kommt von hinten links; spricht zurück, leise, ängstlich).
Aber ich sehe nichts!

Frau Wohlmuth

(folgt ihr mit einer kleinen Handlaterne, deren Licht sie halb mit der
Hand bedeckt; leise).
Komm' schon, komm' schon, werd' leuchten. Wer wird Sie
sehn; Niemand; fürchten Sie sich nicht!

Ida.

O diese Todesqual, als ich jetzt versteckt in Ihrer Kammer
saß — fliehend vor meinem Kind!

Frau Wohlmuth.

Jetzt nur still sein, in des Himmels Namen. Das Medaillon
wollten wir noch suchen —

Ida.

Ja, ja. (Polterndes Geräusch im Corridor; ein Stuhl fällt um.)
Was ist das?

Frau Wohlmuth (erschrocken).

Da drinnen fiel etwas um —

Agathe

(in ihrem Zimmer, unsichtbar, laut).
Wer ist da? (Mit einem Schrei.) Ein Mann! (Sie läuft an
das noch offene Fenster, in weißer Nachtjacke und mit aufgelöstem Haar;
ruft) Hilfe! Ein Mann! Jemand eingeschlichen! Herbei!

Frau Wohlmuth

(vorne links, bei der Bank).
Jesus Gottes Sohn! — Hilfe, Hilfe, Hilfe!

Neunter Auftritt.

Ida. Frau Wohlmuth. Agathe (verschwindet zunächst wieder). Fabricius. Demmler. Abel. Dann Rolf und zwei Schutzmänner.

Fabricius

(stürzt verstört hervor auf die Terrasse).

Fort — nur fort —

Demmler

(kommt eilig von hinten rechts; schreit).

Im Haus war er! Halloh! Haltet den Dieb! (Fabricius will hinten nach rechts hinaus; Demmler packt ihn an.) Halt; ich hab' dich!

Fabricius (verzweifelt).

Los! los! (Schleudert ihn bei Seite. Stürzt nach vorne rechts, will hinaus; erblickt nun Abel, der ihm hier den Weg vertritt.)

Abel.

Hier kommt er nicht durch!

Fabricius (wild, für sich).

Dann durch den Garten fort — über die Mauer weg! (Stürzt nach links, will vor der Bank und dem Gebüsch vorbei. Ida steht hier neben Frau Wohlmuth; das Licht der Laterne fällt ihr in's Gesicht. Fabricius starrt unwillkürlich hin; fährt zurück. Steht entsetzt, betäubt, mit geöffneten Lippen. Stammelnd.) Meine — meine — — Gott soll mich erschlagen — — (Lauter.) Ida —!

Ida.

Was für eine Stimme — — (Greift nach ihrem Herzen; sinkt, die Augen schließend. Frau Wohlmuth fängt sie auf.)

Abel

(ergreift den erstarrten Fabricius von rückwärts).

Jetzt aber hab' ich dich! Und jetzt halt' ich dich! (Drückt ihn zu Boden, daß er in die Kniee sinkt. Demmler springt hinzu; Beide halten Fabricius. Dieser stöhnt, ohne zu reden.)

Rolf

(eilt von rechts herbei, zwei Schutzleute folgen ihm).

Was ist hier geschehn?

Frau Wohlmuth

(neben Ida, die halb besinnungslos auf Frau Wohlmuth's Arm und
Schulter ruht; selber keuchend).

Nicht viel Gutes, Herr Rolf! Der da hat einbrechen wollen,
so sieht's aus; und vor Schreck ist die Dame hier — —

Rolf

(überrascht einfallend, mit halber Stimme).

Frau Reinhold —! — Sie hier — — (Blickt auf Fabricius.
Noch überraschter.) **Sie! — Großer Gott!**

Demmler.

Das ist der Mann, Herr Rolf! Das ist der Mann! Der
all' diese Tage hier herumgeschlichen —

Rolf

(plötzlich, an seine Stirn greifend, dann nach hinten deutend).

Er wußte, daß dort mein Geld — —! (Sich über Fabricius
niederbeugend.) **Unglückseliger Mensch! Was wollten Sie?**

Fabricius

(blickt ihn an, stöhnt und schweigt).

Demmler.

Einbrechen, Herr Rolf! Dort im Corridor war er —

Frau Wohlmuth.

Aber wir hörten ihn noch zur rechten Zeit — und Frau
Stern schrie „Hilfe" — und ich —

Agathe

(die verschwunden war, erscheint wieder am Fenster, mit aufgestecktem
Haar und wie früher gekleidet. Laut).

Wen haben Sie? Wer ist's?

Fabricius

(fährt zusammen. Richtet sich halb auf; für sich, zitternd).

Ihre Stimme — — O Gott! (Rasch, mit gedämpfter, halb
erstickter Stimme.) **Führen Sie mich ab. Fort — fort —**

Rolf.

Mann! Wieder in's Gefängniß —

Fabricius.

Ja; in's Gefängniß — nur fort. Alles bekennen — nur
fort! (Richtet sich mit Abel's und eines Schutzmannes Hilfe vollends
auf; wirft noch einen Blick auf Ida, die erwacht und mit neuem Entsetzen ihn betrachtet. Für sich, murmelnd.) Das ist auch ein Wiedersehn — — (Laut.) Führen Sie mich ab!

Ida

(starrt ihm in's Gesicht. Wendet sich dann hinweg).

Mir wird schlecht . . . Helft mir! (Schließt wieder die
Augen.)

Rolf (zu den Schutzmännern).

Nehmen Sie ihn denn hin! (Zu Frau Wohlmuth.) Und
führen Sie die Dame in's Haus!

Frau Wohlmuth (eifrig, doch halblaut).

Zu mir! Ich stärke sie; Riechsalz, Salmiak — (Vorn
links mit Ida ab, sie führend.)

Fabricius

(mit geschlossenen Augen, für sich).

Zu viel. Zu viel. (Halblaut.) Fort! (Die Schutzmänner
führen ihn ab, vorne rechts. Temmler und Abel folgen. Rolf bleibt
allein, blickt ihnen nach.)

Zehnter Auftritt.

Rolf; dann Agathe. Zuletzt Frau Wohlmuth.

Rolf (wie betäubt).

Was für eine Nacht! — — Ich ging so wie im Traum
unter dem Himmel hin; plötzlich liegt da dieser alte Mann,
dem ich so mitleidig vertraute — als Einbrecher — bei mir —

Agathe

(ist wieder vom Fenster verschwunden, tritt auf die Terrasse, ein
Schleiertuch um den Kopf gebunden; verstört).

Großer Gott! was gibt's? — Hab' ich nicht auch die —
Stimme meiner — meiner Mutter gehört —

Rolf.

Ja — sie war hier. Und vor Schreck von Sinnen, —
weil dieser Mensch so auf einmal aus der Nacht hervorbrach.
Und dieser Mensch — — o wir Leichtgläubigen —

Agathe (fragend).

Und dieser Mensch —

Rolf.

Ist der alte Mann, den Sie damals in Ihrer Kammer
sahen, der entlassene —

Agathe (schreit auf).

Nein, nein, nein!

Rolf.

Was ist Ihnen —

Agathe.

Sagen Sie nein! — Der nicht — Der nicht —

Rolf.

Ich verstehe Sie nicht. Hab' ich ihn doch gesehn, wie
ich Sie jetzt sehe —

Agathe.

Meinen Vater! Nein, nein!

Rolf

(tritt, außer Fassung, zurück; eine Weile stumm).

Ich beschwöre Sie — haben Sie Vernunft. Dieser Mensch
Ihr Vater — den man in's Gefängniß führt — der hier
stehlen wollte —

Agathe.

Nein! Nicht möglich! Ich glaub's nicht! Stehlen nicht — —
zu mir hat er gewollt — — heimlich, verstohlen — oder was es
auch ist. (Stürzt vor.) Retten, retten Sie ihn! Nicht wieder
in's Gefängniß . . . Wenn Sie mich lieb haben, helfen Sie
ihn retten!

Rolf
(in wachsendem Entsetzen).

Ihren Vater — (Sie nickt.) Bedenken Sie, was Sie
sagen — (Sie betheuert stumm.) Heiliger Gott! — Wie kann
ich ihn retten? (Zwischen den Zähnen, grimmig und hart.) Einen
Mann, der nicht leugnet, daß er stehlen wollte — — (Agathe droht
zu sinken. Sie rafft sich auf, wankt einem Sessel vor der Laube zu. Sie
sinkt hinein, starrt vor sich hin. Rolf für sich.) O allmächtiger Gott!
Und die Tochter des Mannes, der bei mir einbricht, meine Frau —
(Hält sich den Kopf mit beiden Händen.) Und meine Ehre — die
Menschen — — (Blickt schaudernd, zögernd zu ihr hin; blickt sie dann
erschüttert, endlich voll Mitleid und voll Liebe an. Tritt zu ihr; kniet
neben ihr. Zaghaft flehend, mit leiser Stimme.) Agathe! Fassen Sie
sich! — Wir sind hier allein. Niemand weiß es noch . . .
Haben Sie Vernunft! Wenn Sie sich und mich und Ihr
Kind nicht verderben wollen — wenn Sie nicht Elend über
Elend häufen wollen — (Zögernd.) Sagen Sie zu Niemand, als
zu mir, daß er Ihr Vater ist! (Sie starrt ihn an.) Denn wenn
er es wirklich wäre — doch noch glaub' ich's nicht — (sie
hebt die Augen gen Himmel) doch wenn er's wirklich wäre: der
unglückselige, der verlorene Mensch ist ja nicht zu retten.
Denken Sie an sich, an Ihr Kind. An Ihr Glück, — —
unser Glück! Nie soll ein Mensch erfahren, was Sie mir
da sagten. Und wenn ein Rest von Menschlichkeit oder von
Vaterliebe ihn zum Schweigen bewegt — wenn die Welt
nichts weiß — (Ihre Kniee umfassend.) Ich liebe Sie gar so
sehr — haben Sie Vernunft!

Agathe
(vor sich hin, jammernd).

O Glück! O Kind!

Rolf.

Ja, Sie haben Vernunft —

Agathe
(schüttelt leise den Kopf, läßt ihn an seine Brust sinken).

Schwäche — Schwäche — — (Fährt plötzlich empor. Mit
verändertem Ton) Er ruft! — Hören Sie!

Rolf.

Niemand ruft. Hören Sie auf mich —

Agathe.

Nein, er ruft. Er ruft. Sie stoßen ihn in's Gefängniß — und er ruft nach mir. Tochter! ruft er; einziges Kind! kannst Du mich verlassen? Alle verlassen mich, Alle verdammen mich; Alle glauben, daß ich schuldig bin — auch mein Kind verläßt mich? — — Nein! Er ist nicht schuldig! Sie bestehlen, Sie, der Sie ihm Gutes thaten — Nein, nein, nein!

Rolf (sie am Arm fassend).

Agathe —

Agathe (stößt ihn hinweg).

Lassen Sie mich! Ich hab' einen Vater, und der ruft nach mir, aus Elend und Verzweiflung! — Ich verstehe Sie. Ich soll Ihre Frau sein, wollen Sie mir sagen, wenn ich ihn verleugne und verlasse. Meine Mutter haben Sie mich ja schon verleugnen sehn; darum denken Sie nun —

Rolf.

Agathe!

Agathe.

Still! Sagen Sie nichts mehr! Meine Mutter, die Niemand anklagt, die mit ihrem Gold, ihren Lorbeern lebt, die die Menschen ehren und bewundern, — die konnt' ich verlassen, wie sie mich verließ. Meinen Vater nicht — jetzt nicht — jetzt in seiner Noth! Und durch alle Wände hindurch höre ich ihn rufen — (sich nach rechts wendend) und ich komme, Vater —

Frau Wohlmuth

(kommt von links zurück; bleibt in respectvoller Entfernung stehn).

Rolf (Agathen nach).

Was wollen Sie thun?

Agathe.

Zu ihm — ihn vertheidigen — ihn trösten — (Sieht Frau Wohlmuth; zu ihr.) Hüten Sie mir mein Kind! (Zu Rolf.)

Laſſen Sie mich; ich begehre ja nichts von Ihnen; meine Nähe soll Ihnen nie mehr den guten Namen beflecken. Gehn Sie mir nicht nach, oder ich rufe laut auf der offenen Straße, wer ich bin, wer mein Vater iſt! — Gute Nacht! (Stürzt nach rechts hinaus.)

(Der Vorhang fällt.)

—————

Dritter Aufzug.

——

Das Amtszimmer des Untersuchungsrichters. Schmuckloſe Einrichtung. Eine niedrige Schranke trennt den Richter vom Angeklagten und von den Zeugen. Hinter dieser Schranke der zum Theil mit Acten bedeckte Tiſch, an dem der Richter und — rückwärts — der Protokollführer ſitzen. Hinten der Eingang, durch den ſowohl der Angeklagte wie die Zeugen kommen. Eine zweite Thür links, nach rückwärts. Rechts, an der Wand, mehrere Stühle; hinten, rechts vom Eingang, eine Bank.

~~~~~~~~

Erſter Auftritt.

Gerichtsrath **Eulenſtein**. Der **Protokollführer**. Der **Gerichtsdiener**. (Eulen-ſtein ſitzt am Tiſch, durchfliegt — dem Publicum zugewandt — ein Actenbündel; der Protokollführer ſitzt auf ſeinem Platz und kritzelt gelangweilt mit trockener Feder auf dem Papier. Der Gerichtsdiener kommt von hinten.)

Gerichtsdiener

(wartet eine Weile vergebens, daß Eulenſtein aufblicken werde; tritt dann geräuſchlos an die Schranke, zum Protokollführer. Leiſe).

Die Zeugen hab' ich beſtellt; also losgehn kann es.

Protokollführer (leiſe).

Kommt auch der Staatsanwalt?

Gerichtsdiener.

Nein. Den ſehn wir hier ja nur, wenn's was Großes iſt; complicirter Mord, Einbruch im Complot, Angriff auf die Religion oder die Regierung. (Theilnehmend.) Hunger?

Protokollführer.

Nein. Aber ich möchte auf's Land, bei dem schönen Wetter. (Mit einem verstohlenen Seitenblick auf Eulenstein.) Es geht hier so ungemüthlich zu, seit der Alte da ist! Gestern Abend der Fall, heute früh Antrag des Staatsanwalts, um zehn kriegt's der Alte, — und jetzt sitzt er schon da, und noch vor Mittag haben wir Verhör! (Unwillkürlich etwas lauter.) Ich sag' Ihnen, es war früher gemüthlicher —

Eulenstein (blickt auf; ruhig).

Was murmeln Sie da?

Protokollführer (etwas verlegen).

Ich hatte nur eine Frage an Lettner, Herr Gerichtsrath —

Eulenstein
(sieht ihn eine Weile an; dann mit trockenem Ernst).

Nehmen Sie das Leben nicht zu gemüthlich, Herr Wichmann. Sie bewegen das Leben doch nicht, es mit Ihnen eben so zu machen! — — Lettner!

Gerichtsdiener (sich nähernd).

Herr Gerichtsrath.

Eulenstein.

Alles in Ordnung?

Gerichtsdiener.

Ja.

Eulenstein.

Der Angeklagte. (Gerichtsdiener rechts ab. Eulenstein vor sich hin.) Sonderbar! Seine Zeugnisse aus der Strafanstalt so gut, so besonders gut. Schon seit mehreren Jahren musterhafte Aufführung . . . Vielleicht ein musterhafter Heuchler; einer von Denen, die sich durch Tugend aus dem Zuchthaus herauslügen; und dann sündigen sie sich geschwind wieder hinein!

Zweiter Auftritt.

Die Vorigen. Fabricius. (Der Gerichtsdiener tritt wieder ein, Fabricius folgt, von einem Schutzmann begleitet. Auf einen Wink Eulenstein's geht der Schutzmann ab. Der Gerichtsdiener bedeutet dem Fabricius durch stumme Geberde, wo er stehen soll. Fabricius gehorcht, ohne Bewegung in seinem finster verschlossenen Gesicht.)

Eulenstein
(nachdem er ihn eine Weile betrachtet).

Ihr Name.

Fabricius.

Fabricius. — Karl Fabricius.

Eulenstein.

Ihr Alter.

Fabricius.

Fünfzig Jahre. (Da Eulenstein ihn verwundert ansieht und dann vergleichend in die Acten blickt, mit einer Art von Lächeln) Früh gealtert, Herr Präsident. Alter Zuchthäusler —

Eulenstein (auf die Acten deutend).

Das weiß ich. — Sie stehen unter der Anklage, daß Sie gestern Abends in das Haus des Herrn Fabrikanten Rolf heimlich eingedrungen; daß Sie, angerufen, zu entfliehen versucht und sich zur Wehre gesetzt haben — nur, zum Glück, diesmal ohne Erfolg. (Nimmt das Medaillon vom Tisch.) Man hat dann bei Ihnen dieses Medaillon gefunden, das Sie jedenfalls nicht besaßen, als Sie aus dem Zuchthaus kamen; das so werthvoll ist, daß es Sie in schweren, dringenden Verdacht bringt; — mögen Sie es nun d o r t genommen haben oder a n d e r s w o. (Fabricius schweigt, ohne sich zu regen.) Bekennen Sie, in die Wohnung des Herrn Rolf in strafbarer Absicht eingedrungen zu sein?

Fabricius.

Herr Präsident —

Eulenstein.

Ich bin kein Präsident. Dies ist kein Gerichtshof; Sie stehen vor einem Einzelrichter, der die Voruntersuchung führt.

Fabricius.

Also, Herr Gerichtsrath — — fragen Sie mich nicht. Wozu fragen Sie viel; ich bin ja ein alter Zuchthäusler, hab' es schon einmal ebenso gemacht, — hab' es schlimmer gemacht. Da können ja die ehrlichen Leute und die gelehrten Herren nicht im Zweifel sein, daß ich auch gestern auf strafbaren Wegen war; zu stehlen oder zu rauben, oder wie Sie denken. Wer würde mir wohl glauben, daß ich unschuldig bin, — wenn ich es auch wäre. (Mit sich lösendem Schmerz.) Ich tauge nicht mehr in die Welt hinein! Machen Sie es kurz! Wieder zurück in's Loch, zwischen die eisernen Gardinen und das Vorlegeschloß, — und die paar Jahre, die ich noch in den Knochen habe, gehn dann wohl auch dahin!

Eulenstein

(nachdem er ihn befremdet angesehen).

Ich habe hier nicht das Urtheil über Sie zu fällen, nur zu untersuchen. Und ich befrage Sie, weil es meines Amtes ist, und erwarte, daß Sie mir auf meine Fragen Antwort geben. Sie waren gestern Abend im Garten des Herrn Rolf —

Fabricius (bittend).

Lassen Sie mich, Herr Gerichtsrath. Ich war in meiner Jugend, eh' ich in's Zuchthaus kam, ein elendes, vom Leben getäuschtes, mit der Welt zerfallenes Geschöpf; im Zuchthaus bemüht' ich mich dann, eine rechte Bestie zu werden; — aber ich fand in meinen Vorgesetzten Menschen, und da bin ich so nach und nach auch ein Mensch geworden. (Mit zitternder Stimme.) Doch in der Welt nützt mir das nicht mehr. Da — da stör' ich nur ... Also ist es logisch, wenn ich dahin zurückgehe, wo ich besser wurde, und wo's eine Ehre ist, nicht mehr schlecht zu sein, und wo ich schon den großen Vorsprung habe, für 'nen Menschen zu gelten!

Eulenstein

(eine gelinde Bewegung unterdrückend, ohne Härte).

Nennen Sie das besser werden, wenn Sie Ihr Verbrechen wiederholen? (Fabricius sieht vor sich hin und schweigt.) Ihr Schweigen vertheidigt Sie schlecht. Fühlen Sie sich unschuldig, so rechtfertigen Sie sich; dann werden Sie auch unter uns „für einen Menschen gelten", und an einem Platz in der Welt, auf dem Sie Ihre Besserung in Freiheit bewähren können, wird es Ihnen nicht fehlen!

Fabricius (ergriffen, vor sich hin).

Freiheit! — Ach, mein Gott! Jahre lang hab' ich von der Freiheit geträumt wie vom Paradies — nun wieder hinaus, hinter mir das flammende Schwert! Und verdammt, verachtet —

Eulenstein
(während der Gerichtsdiener auf einen Wink Eulenstein's hinausgeht).

Antworten Sie, Angeklagter. In welcher Absicht schlichen Sie gestern Abend in das Haus des Herrn Rolf?

Fabricius (für sich).

Wenn ich die Wahrheit sagte — — Gott, mein Gott!

Eulenstein
(nachdem er umsonst auf Antwort gewartet).

Wo nahmen Sie dieses Medaillon? — Wie kamen Sie dazu, es sich anzueignen?

Fabricius
(geht ein wenig auf Eulenstein zu, will reden; kämpft mit sich; wendet sich wieder ab. Für sich).

Sag' ich ihm das, muß ich Alles sagen —

Eulenstein.

Antworten Sie!

Fabricius
(für sich, den Kopf schüttelnd).

Nein, nein, nein! — Unehre über Kind und Kindeskind! — — „Lieber, lieber Vater!" sagte sie zu mir und umarmte mich... Ich kann mein Kind nicht zu Grunde richten! (Drückt die Zähne, die Lippen zusammen.) Mucke nicht! Nimm's hin!

Eulenstein.

Sie wollen weder leugnen, noch bekennen — — (Fabricius schweigt. Eulenstein betrachtet ihn mit neuer Verwunderung. Endlich)

So rufen wir einstweilen die Zeugen. — Lettner! (Der Gerichtsdiener, der zurückgekommen ist, tritt heran. Eulenstein halblaut.) Die Zeugen sind da?

Gerichtsdiener (ebenso).

Herr Rolf noch nicht, Herr Gerichtsrath. Auch die Dame nicht —

Eulenstein.

Und die Andern?

Gerichtsdiener.

Sind da. — Auch diese sonderbare junge Frau, die schon gestern Abend kam und (mit dem Kopf auf Fabricius zurückdeutend) zu ihm hineinwollte; die dann heute Morgen schon dreimal da war, immer wieder und wieder — (Fabricius horcht auf.)

Eulenstein.

Und jetzt?

Gerichtsdiener.

Jetzt hab' ich sie in's Zeugenzimmer eingelassen, wie es der Herr Gerichtsrath angeordnet haben. (Eulenstein nickt.) Aber über dem Warten ist sie eingeschlafen —

Eulenstein (unzufrieden).

Hm! — — (Nach kurzem Sinnen und nachdem er in ein Blatt Papier geblickt.) Frau Wohlmuth. (Der Gerichtsdiener ab. Eulenstein zu Fabricius, auf die Anklagebank im Hintergrunde deutend.) Treten Sie zurück! Setzen Sie sich! (Geschieht.)

Dritter Auftritt.

Die Vorigen; Frau Wohlmuth kommt mit dem Gerichtsdiener von hinten.

Gerichtsdiener
(zu Frau Wohlmuth, die in banger Feierlichkeit langsam vortritt und dann stehen bleibt).

Hier! (Zeigt ihr, wo sie stehn soll; deutet dann mit dem Kopf zum Gerichtsrath hin.)

Frau Wohlmuth
(sich vor Eulenstein verneigend, mit etwas unsicherer Stimme).

Ich hab' in Ehrfurcht die Gewogenheit —

Eulenstein.

Bitte, reden Sie nur wenn ich Sie befrage. — Ihr Name?

Frau Wohlmuth.

Philippine Wohlmuth, hoher Herr Gerichtshof —

Eulenstein

(einen Anflug von Lächeln unterbrückend).

Nun erkenne ich Sie. Sie sind mir bekannt. (Sie verneigt sich.) Putzwäscherin, nicht wahr? (Sie nickt.) Sie waren gestern Abend im Garten des Herrn Rolf, als der Angeklagte, der dort sitzt, verhaftet wurde?

Frau Wohlmuth.

Ja; ich hatte die Ehre —

Eulenstein.

Was wissen Sie von ihm, und wie trug es sich zu?

Frau Wohlmuth.

Hoher Herr Präsident, ich kann nur sagen, was ich weiß; aber das kann ich sagen, daß Frau Stern die Erste war, die einen Mann sah, der im Dunkeln stand, und sie lief an's Fenster und rief: Hilfe! Hilfe! Hilfe! Und die arme Frau — — wenn ich sagen soll, was ihr ist, Herr Präsident — ich weiß es nicht; aber auf einmal war sie fort, in die Nacht hinaus — und sie rief mir noch zu: „Hüten Sie mir mein Kind!" Und dann war sie die ganze Nacht hier vor dem Gerichtshof, weil man sie nicht einließ, und ist nicht heimgekommen und hat nicht ge-schlafen —

Eulenstein.

Sie reden von Frau Stern, aber nicht zur Sache. Sie sollten mir sagen, was Sie von dem Angeklagten und seiner Verhaftung wissen —

Frau Wohlmuth.

Bitte tausendmal um Vergebung; werde nicht er-mangeln! — Hoher Herr Präsident, er muß sich herein-geschlichen haben durch die Gartenthür; oder er ist

auch vielleicht auf der andern Seite über die Mauer ge=
stiegen, da wo mein Zimmer liegt, denn da ist ein Stück
Mauer, das zu niedrig ist. — ich hab's schon neulich zu
Frau Stern gesagt: „Jesus! Jesus! ein langbeiniger Kerl,
der da draußen stünd', könnt' mit einem langen Stock über
die Mauer herüber an mein Fenster klopfen!" — Und das
hat sie auch richtig heute Morgen gethan —

Eulenstein.

Wer?

Frau Wohlmuth.

Die arme Frau Stern, gnädiger Herr; eine Schiebkarre
hatte sie draußen an die Mauer gerückt, war hinaufgestiegen,
und mit so einer langen Stange pocht sie an mein Fenster.
Und ich wasche mich eben — denn es war noch früh, im
Haus Alles mäuschenstill — und ich lauf' hinaus —

Eulenstein.

Sie sind wieder bei Frau Stern; von der reden wir
nicht. (Ungeduldig.) Sahen Sie den Angeklagten aus dem Haus
hervorkommen, oder sahen Sie's nicht?

Frau Wohlmuth.

Freilich, Herr Präsident; lügen müßt' ich; so deutlich, wie
ich Sie jetzt sehe, hab' ich ihn gesehn!— Ich stand eben im
Garten (etwas stockend) mit der fremden Dame, — und wollte
zurück zum Kind; — das Kind der Frau Stern mein' ich
— das jetzt draußen bei seiner Mutter ist — (Fabricius
horcht auf.)

Eulenstein.

Wo da draußen?

Frau Wohlmuth.

Im Zeugenzimmer, — mit Dero hoher Erlaubniß. (Eulen-
stein blickt verwundert auf den Gerichtsdiener; dieser zuckt entschuldigend
die Achseln.) Denn „im Haus laß' ich es nicht", sagte sie zu mir,
als ich an die Mauer hinaus kam; „ziehn Sie es an, bringen
Sie es mir auf die Straße — (dramatisch) und fragen Sie mich
nach nichts!" — Und so sind wir Drei dann hierhergezogen —

Eulenstein.

Sie sind also unverbesserlich, Frau Wohlmuth. Es ist das letzte Mal, daß ich Sie ersuche, zu beantworten, was man fragt! (Frau Wohlmuth legt zerknirscht die Hände auf die Brust.) In wie weit Frau Stern zu dieser Sache gehört, wird sich noch erweisen; aber nicht durch S i e. Was wissen Sie von dem Angeklagten? War er Ihnen bekannt?

Frau Wohlmuth.

Müßte lügen, Herr Präsident. Habe nicht die Ehre, diesen Herrn zu kennen. Ich hab' ihn nur herausstürzen sehn wie ein gehetztes wildes Thier aus dem Gebüsch; und weil Frau Stern Hilfe, Hilfe schrie, hab' ich a u ch geschrieen; denn auf Ehre, ich hab' gedacht, es geht ihr an's Leben! — Und einen Schreck in's Herz hat sie auch bekommen, und blaß, blaß sieht sie aus; aber nun ist sie zum Glück endlich eingeschlafen, und der kleine Hugo bewacht sie — klug wie ein Iltis, so klein er ist — und sie eine brave, brave Frau, auf Ehre —

Eulenstein

(fährt nervös in die Höhe. Bezwingt sich dann, setzt sich wieder).

Frau Stern ist nicht angeklagt . . . Jetzt hab' ich genug! (Frau Wohlmuth, tief erschrocken, wendet sich langsam zum Gehn.) Nein! Bleiben Sie hier! (Nach rechts auf die Stühle deutend.) Setzen Sie sich! (Zum Gerichtsdiener, nachdem er wieder in das Blatt geblickt.) Herr Demmler, der Diener des Herrn Rolf. (Gerichtsdiener ab.)

Frau Wohlmuth (gebeugt).

Sie haben Recht, hoher Herr Präsident; ich bin sehr zu tadeln. Es ist mein alter Fehler, daß meine Zunge immer vorweg und um die Sache herumläuft wie ein Hund um seinen Herrn; aber ich werd' mich noch heilig bemühen, mich zu bessern —

Eulenstein.

So fangen Sie jetzt damit an! (Sie fährt zusammen; legt sich die Hand auf den Mund. Tritt nach rechts zurück; setzt sich.)

Vierter Auftritt.

Die Vorigen; Demmler.

Demmler

(kommt mit dem Gerichtsdiener von hinten; wird von diesem bedeutet, wo er stehn soll; geht aber doch noch näher auf den Gerichtsrath zu, ganz bis an die Schranke, und beugt sich weit über sie vor. Sein Gesicht ist wieder etwas geröthet, seine Bewegungen und seine Stimme nicht ganz sicher; doch ist er sichtbar bemüht, eine feierliche Würde zu behaupten).

Eulenstein.

Treten Sie zurück. — Ihr Name.

Demmler.

Josef Demmler. Diener des Herrn Rolf. Katholisch. Im einundsechzigsten Lebensalter —

Eulenstein.

Beantworten Sie nicht mehr, als man Sie fragt. (Zum Protokollführer.) Haben Sie das Alles? (Der Protokollführer nickt, mit stillem Lächeln.) Diesen Angeklagten haben Sie gestern Abend mit verhaften helfen —

Demmler (nickt).

Ich glaube, es war meine Schuldigkeit; darum hab' ich's gethan. Denn in diesen Zeiten, wo der Abfall von Gott immer schmerzhafter zunimmt —

Eulenstein

(macht ihm ein Zeichen, zu schweigen; Demmler verstummt sofort und nimmt wieder seine würdevolle Haltung ein).

Ihren Beweggrund brauch' ich nicht zu wissen. Es heißt, Sie hatten schon vorher Verdacht auf den Angeklagten. Wie kam Ihnen der?

Demmler.

Ich sah ihn täglich vor unserm Haus und vor unserm Garten stehn; und weil dies in verdächtiger Weise vor sich ging, nahm ich ihn in beobachtende Observation. Denn wenn ich auch zuweilen cabuk, eventuell elend bin, so erkläre

ich doch hiemit, daß ich keinem andern Diener an pflichtschuldiger
Beeiferung nachstehe, und wird sich wohl auch Niemand erlauben —

Eulenstein

(bedeutet ihm wieder, zu schweigen; Demmler verstummt sofort, wie
vorhin).

Also Sie beobachteten ihn?

Demmler.

Ja; möglichst unvermerkt; wie es die Aufgabe verlangte.
Und wie er nun gestern Abend in den Garten schleicht,
schleiche ich ihm nach, und wie er aus dem Hause herausstürzt,
stürze ich ihm entgegen, packe ihn an der linken Schulter, über
der Achselhöhle, und so halt' ich ihn fest! Denn die Wege der
Vorsehung —

Frau Wohlmuth

(springt auf, tritt bis an die Schranke vor).

Das heißt, Sie hielten ihn nicht fest, sondern er riß sich
los! (Legt sich wieder die Hand auf den Mund.) Nichts für ungut,
Herr Präsident! (Tritt wieder zurück.)

Demmler

(nach einem unwilligen Blick auf Frau Wohlmuth).

Ja, für den Augenblick riß er sich wohl los. Aber als
dann die Wege der Vorsehung es so fügen mußten, daß dieser
Mann strauchelt, eventuell nicht mehr weiter kann — so
spring' ich ihm nach und rufe: „Jetzt hab' ich dich! Und jetzt
halt' ich dich!" Und ich drücke ihn mit evidenter Gewalt auf
den Boden nieder —

Frau Wohlmuth (tritt vor, wie oben).

Das heißt, der Herr Abel war's. Der rief: „Jetzt hab'
ich dich! Und jetzt halt' ich dich!" Und der drückte ihn nieder,
und er war gefangen!

Eulenstein

(gebietet ihr durch Geberde und durch Zischen Schweigen, worauf sie
zerknirscht wieder zurücktritt).

Ich sehe, mit diesen Zeugen bleiben wir, wo wir sind.
War Herr Rolf jetzt gekommen?

Gerichtsdiener.

Ja, Herr Gerichtsrath.

Eulenstein.

So ersuchen Sie ihn. (Gerichtsdiener ab.) Gehen Sie beide in's Zeugenzimmer zurück, und dort warten Sie. Dort bemühen Sie sich, Frau Wohlmuth, Ihre Zunge an die Leine zu nehmen, (zu Demmler) und Sie, suchen Sie sich klar zu machen, daß es nicht gut ist, zu trinken, eh man vor Gericht geht!

Demmler (mit Haltung).

Ich verstehe, Herr Gerichtsrath. Ich höre und verstehe alle Ihre Worte. Möge der Allmächtige Ihrer gerechten, das Gesetz liebenden Seele — nach dem letzten Vers des einundneunzigsten Psalms —

Eulenstein.

Gehen Sie.

Demmler.

Ich gehe . . . „Ich will dich sättigen mit langem Leben —"

Eulenstein

(zum Gerichtsdiener, der mit Rolf zurückkommt).

Führen Sie ihn hinaus!

Demmler

(vom Gerichtsdiener abgeführt, von einem zornigen Blicke Rolf's getroffen, nickt).

Hinaus. Sehr wohl. (Im Gehen.) „Und will dir zeigen mein Heil." (Zum Gerichtsdiener.) Und ob du mich auch anfassest mit rauher Hand — (Schon draußen, noch weiter sprechend.) Ich will dich sättigen mit langem Leben — (Verschwindet.)

Eulenstein (zu Frau Wohlmuth).

Folgen Sie ihm!

Frau Wohlmuth (verneigt sich.)

Hoher Herr Gerichtshof, — mit Achtung! (Im Gehen für sich, tief gebeugt.) Das ist der Bernardinstag; den vergeß' ich nie! (Ab.)

Fünfter Auftritt.

Eulenstein, Protokollführer, Fabricius, Rolf. Der Gerichtsdiener kommt zurück. Später ein zweiter Gerichtsdiener.

Eulenstein.

Sie sind uns bekannt, Herr Rolf. (Rolf begrüßt ihn mit einiger Vertraulichkeit, doch sichtbar gedrückt. Eulenstein winkt dem Protokollführer, das Nöthige über Namen und Stand niederzuschreiben.) Ich bin erfreut, daß Sie da sind —

Rolf.

Zu meiner Beschämung sehe ich, daß mein Diener seiner Pflicht als Zeuge nicht genügen kann und mir öffentlich Schande macht. Entschuldigen Sie — — (Freundlich beruhigende Bewegung Eulenstein's.) Auch hab' ich noch Jemand zu entschuldigen: Frau Reinhold kann nicht erscheinen. (Stockend.) Sie ist abgereist. (Fabricius horcht auf, lächelt in stiller Bitterkeit vor sich hin.) Es war ihr nicht mehr möglich, die Abreise aufzuschieben; — übrigens, da sie nur zufällige Zeugin der Verhaftung war und zur Sache nichts auszusagen hätte —

Eulenstein.

So kann ich darauf verzichten, sie in Anspruch zu nehmen. — Herr Rolf, der Angeklagte hier ist Ihnen bekannt?

Rolf (in unterdrückter Bewegung).

Ja. Vor fünf oder sechs Tagen suchte er mich auf. (Die Stimme dämpfend.) Er hatte ein Anliegen an mich —

Eulenstein.

Und wie ich Sie kenne, ließen Sie ihn nicht ohne Hilfe gehn. (Stumme Antwort Rolf's.) Vermissen Sie etwas von Ihrem Eigenthum?

Rolf.

Nein.

Eulenstein
(nimmt Ida's Medaillon vom Tisch).

Dieses Medaillon, das man bei dem Angeklagten gefunden hat — ist Ihnen das bekannt?

Rolf (betroffen, für sich).

Frau Reinhold, wenn ich mich nicht täusche. Wie kommt das in — —

Eulenstein.

Ist es Ihnen bekannt?

Rolf.

Ich hab's nie gesehen —

Eulenstein.

Also Ihnen gehört es nicht?

Rolf.

Nein.

Eulenstein
(legt das Medaillon wieder auf den Tisch).

Bei der Verhaftung des Angeklagten haben Sie geäußert, er habe gewußt, daß dort, wo man ihn ertappte, sich Ihr Geld befand. Sie haben also besonderen Grund, zu vermuthen, daß er stehlen wollte —

Rolf (mühsam).

Nein, Herr Gerichtsrath.

Eulenstein (befremdet).

Nein?

Rolf.

Nein. — Wenn ich dergleichen sagte —

Eulenstein.

Ja. Die Schutzmänner haben es gehört.

Rolf.

Dann — — dann sagte ich es in der Uebereilung; — aufgeregt wie ich war. Ich hab' im Gegentheil eher Grund, zu glauben, (die Worte suchend) daß der Angeklagte ohne strafbare Absicht war; daß er zu den wirklich Gebesserten gehört —

Eulenstein (immer befremdeter).

Ich verstehe Sie nicht. Sie haben ihn unter sehr ver-
dächtigen Umständen betroffen; Sie haben ihn den Schutz-

männern selber übergeben; und Sie sehen hier, welchen werth=
vollen Gegenstand man bei ihm gefunden hat. Und doch sind
Sie auf einmal geneigt, ihn für unschuldig zu halten —

Rolf (zögernd).

Ja. Der persönliche Eindruck, den er mir gemacht hat —

Eulenstein (nach kurzem Schweigen).

Ich soll doch wohl nicht glauben, Herr Rolf, daß Ihr
bekannter menschenfreundlicher Eifer für entlassene Sträflinge
Sie verleiten könnte, des Guten zu viel zu thun. Ihnen
ist ja bekannt, daß Sie in die Lage kommen können, auf
Ihre Aussage vereidigt zu werden —

Rolf (mit seiner Verwirrung kämpfend).

Das ist mir bekannt!

Eulenstein.

Es handelt sich hier nicht um persönliche Gefühle,
sondern um Ergründung des Thatbestands. Welchen sach=
lichen Anhaltspunkt haben Sie, Herr Rolf, die Unschuld
des Angeklagten anzunehmen? (Rolf schweigt, nach Worten suchend.)
Sie hatten überdies, ehe er verhaftet ward, die Schutzmänner
ersuchen lassen, sich bereit zu halten; also bestand schon in
Ihnen der Verdacht, es werde etwas geschehen. (Ein zweiter
Gerichtsdiener tritt in die Thür, winkt dem ersten, spricht leise zu ihm.)
Sie selber eilten dann, als man Hilfe rief, mit den Schutz=
männern herbei... Verhält es sich so oder nicht?

Rolf (hilflos).

Allerdings —

Eulenstein (zu den Gerichtsdienern).

Was gibt's?

Gerichtsdiener (nähert sich, halblaut).

Die junge Frau, die schon dreimal da war, ist nun
aufgewacht; und sie bittet so bringend —

Eulenstein (halblaut).

Lassen Sie sie ein! (Der Gerichtsdiener nickt dem andern zu;
dieser ab. Eulenstein zu Rolf, der in eine gewisse Unruhe geräth.)
Bitte, bleiben Sie noch, Herr Rolf! — Nehmen Sie Platz!
(Rolf tritt nach rechts zurück, ohne sich zu setzen.)

Sechster Austritt.

Die Vorigen. Agathe, Hugo treten ein, Hugo an Agathens Hand.
Zuletzt der zweite Gerichtsdiener.

Eulenstein (verfinstert).

Was wollen Sie mit dem Kind?

Agathe

(die nur einen flüchtigen Blick auf Fabricius und Rolf geworfen, mit
Fassung).

Verzeihen Sie mir, Herr Richter — (unschuldig) oder
wie man Sie nennt. Glauben Sie mir, dieses Kind gehört mit dazu; (sie blickt wieder auf Fabricius, der in starker Erregung sich abwendet; Eulenstein bemerkt es) so klein wie
es ist, kann es hier doch helfen, — wenn meine Worte nicht
helfen. (Mit erschütternder Stimme.) Und wie ich den Mann da
kenne, hört er vielleicht auf meine Worte nicht. Also im
Namen der Gerechtigkeit, Herr Richter — lassen Sie mir
das Kind!

Eulenstein

(betrachtet Fabricius verstohlen; blickt von ihm auf Agathe. Nach
einigem Bedenken).

Er mag dableiben, gut; bis ich höre, was für ein Zusammenhang — — (Hugo bleibt neben Agathe stehen. Fabricius
steht auf.) Ihr Name?

Agathe.

Agathe Stern. Witwe.

Eulenstein.

Ihr Alter?

Agathe.

In einigen Monaten vierundzwanzig Jahre.

Eulenstein.

Ihr Beruf oder Gewerbe?

Agathe.

Buchhalterin in der Fabrik des Herrn Rolf.

Eulenstein.

Sie kennen den Angeklagten?

Agathe.

Ja, ich kenne ihn. (Nach einem neuen fragenden Blick auf Fabricius.) Und wenn er Ihnen wahrscheinlich nicht gesagt hat, daß auch er mich kennt (Eulenstein schüttelt den Kopf), wenn er etwa auch seine Schuld nicht geleugnet hat —

Eulenstein.

Nicht so ganz —

Agathe (mit plötzlichem Ausbruch).

Glauben Sie ihm nicht! Er ist nicht schuldig! Er wollte zu seinem Kind — und ich bin sein Kind!

Eulenstein

(schweigt vor Ueberraschung; beobachtet wieder den Fabricius. Dieser, allmälig vortretend, kämpft mit seiner Erschütterung, sucht sie durch ein halblautes Lachen, durch ironische Blicke über die Achsel zu verbergen, windet sich sein Taschentuch um die Hand, beißt es dann mit den Zähnen).

Sie haben gehört, Angeklagter. Die junge Frau nennt Sie ihren Vater. Warum lachen Sie?

Fabricius.

Weil's ein Unsinn ist. Ich hatte niemals ein Kind!

Agathe.

Glauben Sie ihm nicht. Er verleugnet uns, mich und meinen Sohn, weil er im Zuchthaus war; weil er denkt, meine Schande sollen sie nicht erben. Darum will er nun lieber in's Verderben hinein! — Vater! — Sieh mich doch an! Diese ganze Nacht hab' ich drüben vor diesem Haus gestanden, an einer Mauer in die Ecke gedrückt; hab' nach allen Fenstern gesehn: „hinter welchem mag er gefangen sitzen!" — hab' gedacht: „Wenn er nun schlaflos, ruhelos über finsteren Gedanken brütet, wacht noch Eine mit ihm!" Und die ganze Nacht hindurch hab' ich mir gesagt: „Nein, er ist ja nicht schuldig! Stehlen wollte er nicht! Und wenn es Tag ist, werd' ich kommen und ich werd' ihm helfen!" — Sei nun nicht unvernünftig, Vater, lieber Vater. Sag' es doch dem Richter, daß du zu mir, zu dem Kinde wolltest; daß du mir noch etwas sagen oder mich sehen wolltest —

Eulenstein
(winkt ihr zu schweigen; streng).

Halt! — Sie thun da mehr, als ich erlauben darf. Ich habe
Sie zu dem Angeklagten sprechen lassen, um auf sein Herz zu
wirken; aber ich kann nicht dulden, daß Sie ihm Rath ertheilen,
wie er sich helfen soll. Würden Sie das noch einmal versuchen,
müßt' ich Sie entfernen! — — Angeklagter! Ist diese Frau
Stern Ihre Tochter oder nicht?

Fabricius.

Ich bitte Sie, Herr Gerichtsrath, lassen Sie diese
Frau Stern wieder gehn — und das Kind dazu; denn ich
kenne sie nicht! (An seine Stirn fassend.) Sie ist nicht gesund;
denn wie käme sie sonst auf den Mordsgedanken, sich hier auf
der Anklagebank einen Vater zu suchen, der wieder in's Zucht=
haus soll. Schicken Sie sie fort, (mit milderem Flehen) ich be=
schwöre Sie, und geben Sie mir da wieder Platz, wo mir
am wohlsten war: zehn Schuh lang, sechs Schuh breit!

Eulenstein
(betrachtet eine Weile Agathe, die die Hände ringt; dann zu Fabricius).

Haben Sie Geduld. Ein Kloster für müde Lebenspilger
ist das Zuchthaus nicht! (Zu Agathe, mit scheinbarer Kälte.)
Sie hören, Ihre Bemühungen, dem Angeklagten beizustehen,
sind unnütz. Also — — Sie können gehn!

Agathe.

O mein Gott! Mein Gott! (Wendet sich halb; sieht das
Kind. Aus ihrer verzweifelnden Betäubung erwachend.) Hugo, komm'
zu mir! (Kniet neben dem Kind, es fassend; dann, nach einer flehen=
den Geberde gegen Eulenstein, sie noch einmal gewähren zu lassen.)
Geh' zu dem Mann da, Hugo; sag' ihm, er soll nicht so
gottlos reden — nicht von Sinnen sein —

Hugo (scheu, halblaut).
Mutter, laß mich bei dir!

Agathe.

Nein, geh zu ihm. 's ist dein Großvater, Hugo;
nimm ihn bei der Hand. Geh' hin und sag' ihm: „Großvater,

wir haben dich lieb! Großvater, lüge nicht; ich bin ja dein Blut — deines Kindes Kind!"

Hugo
(vor Fabricius zurückweichend, der ihn finster ansieht, um seine Bewegung zu bemeistern).

Nein, ich will nicht, Mutter. Ich will lieber zu Herrn Rolf!

Fabricius (legt eine Hand an's Herz).

Agathe (hält Hugo fest).

Nein, das thust du nicht. (Ohne Rolf anzublicken, der erschüttert dasteht.) Der kann auch ohne dich leben, dem geht's gut auf Erden. Aber der arme Mann da, vor dem du dich fürchtest, der liebt dich mehr, viel mehr, als Herr Rolf dich liebt; der will sich's nicht merken lassen, weil er dich so liebt. Der will in's Elend zurück, weil er denkt, mit uns darf er nicht mehr leben; — aber er soll mit uns leben! Ich scheue mich nicht, vor allen Menschen will ich ihn an's Herz drücken und ihm sagen: Vater, die Welt ist groß — Noth und Mühsal fürchten wir ja nicht — wo du willst, dahin gehen wir und da ist es gut! — — Geh' zu ihm, nimm ihn bei der Hand! — Er macht dir ein finsteres Gesicht, aber in seinem Herzen weint er, daß du ihm so fremd bist; in seinem Herzen schluchzt er —

Fabricius (beginnt zu schluchzen).

Hugo
(geht zu ihm, legt beide Arme um ihn).

Mann, weine nicht. Wir haben dich lieb!

Fabricius
(ihn plötzlich an sich heranziehend).

Kind! Kind! Kind! (Weint laut.) Meines Kindes Kind! (Hält ihn fest umschlungen.)

Eulenstein
(von der Bewegung der Anderen mit ergriffen, nach einer Stille).

Angeklagter, jetzt bekennen Sie also, das sei Ihres Kindes Kind!

Fabricius

(Hugo an's Herz drückend, ihn streichelnd, dann wieder schluchzend).

Wenn sie einem so am Herzen reißen, Herr Ge-
richtsrath . . . . (Nimmt den Kopf des Knaben zwischen seine Hände.)
Bub, bist mein Blut! Mein Blut! (Weinend und lachend.) Und
da steht mein Kind!

Eulenstein.

Und was wollten Sie gestern Abend im Haus des
Herrn Rolf?

Fabricius.

Stehlen nicht! Böses nicht! (Nimmt Hugo auf seinen Arm,
umschlingt dann auch Agathe, die zu ihm getreten ist.) Das wollt'
ich, Herr Gerichtsrath!

Eulenstein

(auf Rolf blickend, der sich mit seinem Taschentuch über die Augen
fährt, — mit seinem Lächeln).

Das scheint auch Herr Rolf zu glauben (Rolf nickt) —
und ich glaub' es wohl auch. Aber dieses Medaillon, das man
bei Ihnen fand. Ihr Eigenthum war es nicht. Wie erklären
Sie das? (Agathe und Rolf stehen bestürzt. — Der zweite Gerichtsdiener ist inzwischen leise eingetreten und hat dem ersten etwas zuge-
flüstert; dieser tritt jetzt zu Eulenstein und spricht leise zu ihm. Eulenstein, etwas überrascht, schickt ihn durch einen Wink hinaus.)

Fabricius

(blickt unterdessen auf Agathe wie fragend; sieht ihre Bestürzung. Finster).

Da muß ich denn also doch wohl noch zurück in die
Einsamkeit! Denn wenn ich Ihnen sage, wie ich dazukam,
werden Sie's ja nicht glauben; und mein einziger Zeuge auf
der weiten Welt, (mit bitterem Lächeln) der ist fort! Und der
wird sich hüten — — (Sieht Ida eintreten, verstummt vor Ueberraschung.)

Siebenter Auftritt.

Die Vorigen. Ida kommt mit dem Gerichtsdiener.

Eulenstein

(zu Ida, die nahe an der Thür nach Athem ringend stehen bleibt).

Bitte, nähern Sie sich. Frau Reinhold —

Ida (mit halber Stimme).

Ja, Ida Reinhold —

Eulenstein.

Bitte sehr, die große Sängerin ist mir ja bekannt. (Sie verneigt sich stumm, ohne nach rechts oder links zu sehn.) Aber ich bin erstaunt, denn man sagte mir, Sie seien abgereist —

Ida (wie vorhin).

Wie unaussprechlich schwer wird es mir, Ihnen zu bekennen! — Ich habe Herrn **R o l f**, habe Sie getäuscht; ich war noch nicht fort. Aber es schien mir unmöglich, hier zu stehen — wo ich nun doch stehe —

Eulenstein.

Und warum stehen Sie nun doch hier?

Ida

(ihre Rede oft durch Athemholen unterbrechend).

Das vor Ihnen, vor der Welt zu sagen — — — Doch in meiner einsamen Seelennoth hab' ich mir's gelobt, und ich werd' es sagen. Sehen Sie mich ein wenig milde an, Herr Präsident... Alles im Leben habe ich verloren, weil ich, wie es scheint, nur für Eines lebte; ich war mir die Welt. Nun will ich wenigstens den Frieden meiner Seele wieder haben — und will Den in der Noth nicht verlassen, dem ich einst gehörte — — wie viel auch dabei preiszugeben ist. Dieser Mann — — Tochter und Enkel, scheint's, bitten schon für ihn. Die Mutter seiner Tochter sollte da nicht fehlen. Hier steht sie. Ich bin's. Ich war seine Frau! (Flehend.) Wenn er gefangen ward, eh er etwas verbrach — oder wenn Noth und Elend ihn entschuldigen — verdammen Sie ihn nicht! Er soll nicht mehr elend sein! Was ich besitze, soll er mit mir theilen! (Stolz ablehnende Geberde des Fabricius.) Oder wenn er sich weigert — — ich will für ihn um Gnade bitten — überall — bis zur Majestät.. (Mit einem Blick auf Agathe.) Vielleicht vergibt mir dann — sein Kind — mein Kind!

Fabricius
(fährt sich mit der Hand über die Stirn).

Heute träum' ich. (Faßt Agathe am Arm.) Kind, bleib' bei mir — daß ich weiß, du bist's —

Eulenstein (hebt das Medaillon auf).

Kennen Sie etwa das? Ich bemerke jetzt, es ist Ihnen ähnlich —

Ida (starrt es an).

Wie kommt es hierher? — Ich verlor's — gestern Abend, im Garten des Herrn Rolf! (Schnell sich fassend und es wieder auf den Tisch legend.) Aber ich trug es nur. (Auf Fabricius deutend.) Ihm gehörte es. Ihm!

Eulenstein (nach kurzem Schweigen).

Ihm? — Dann können Sie ruhig gehen, gnädige Frau. Dieser Angeklagte — mit der Zustimmung des Staatsanwalts, für die ich Ihnen nun stehe, wird er noch heute frei!

Agathe.

Vater! Freiheit! Freiheit! (Drückt Fabricius vor Freude weinend an's Herz.)

Fabricius.

O mein einziges — o mein herrliches Kind!

Eulenstein
(winkt dem Protokollführer und dem Gerichtsdiener, daß sie die Anwesenden ruhig gewähren lassen sollen; geht gerührt leise ab, nach links. Langsam und geräuschlos folgen ihm die Beiden).

Ida (erschüttert, halblaut).

Und ich „kann nun gehn" ... Wird mir noch ein Wort der Vergebung, eh' ich gehe? Ein letztes, einziges Wort?

Fabricius

(nach kurzem Schweigen, ohne sie anzusehen).

Gilt das auch mir? (Sie schweigt.) Ich hatte geschworen, niemals, niemals — — — Aber geschrieben steht: „Richtet nicht, auf daß ihr nicht gerichtet werdet!" — — Das ist mein letztes Wort!

Agathe

(verhüllt sich das Gesicht mit beiden Händen; tritt dann auf Ida zu; auf Fabricius deutend, mühsam).

Ich danke dir. — Mutter! Ich fühle keinen Groll mehr... (Reicht ihr die Hand; leiser.) Vielleicht auf Wiedersehn —

Ida (dem Weinen nahe).

O hab' Dank. — Lebt wohl! (Neigt sich zu Hugo nieder, küßt ihn auf die Stirn. Dann, mit einem irrenden Blick über Alle hin, die Hand zum Abschied bewegend.) Habt Dank! — Lebt wohl! (Hinaus.)

Rolf

(tritt zu Agathe; mit gedämpfter Stimme).

Und ich? Wenn ich mich vor Ihnen in Gedanken auf die Kniee werfe — und Sie von ganzem Herzen anflehe: „vergeben Sie mir, kommen Sie wieder zu mir — die Welt mag thun, was sie will — alles Glück, (Fabricius' Hand fassend) alle Ehre sollen Sie mir sein" — stoßen Sie mich zurück?

Agathe.

Ich habe Sie gehaßt heute Nacht! denn ich liebe Sie! (Sinkt ihm an die Brust.)

Fabricius (Hugo umschlingend).

Kind und Kindeskind!

(Der Vorhang fällt.)

———••••———

Druck von Johann N. Vernay, Wien, IX., Mariannengasse 17.

Assunta Leoni.

Schauspiel in fünf Aufzügen

von

Adolf Wilbrandt.

Wien.

Verlag von L. Rosner.

1883.

Der hochverehrten Künstlerin

Charlotte Walter

in herzlicher Freundschaft zugeeignet.

Personen:

Alfred von Buchau.

Emil von Buchau.

Doctor Clinton.

Miß Mary Clinton.

Baronin Bergholm.

Bruger.

Fabian, dessen Neffe.

Doctor Krause.

Hannchen, dessen Frau.

Assunta Leoni.

Ein Aufseher.

Reisende, Mädchen, Volk.

Die Handlung spielt in der Gegenwart, in Italien.

Erster Aufzug.

Auf der Insel Capri.

Im Hintergrunde Mauer (rechts) *) und ein einstöckiges, weißgetünchtes Haus; die nicht sehr großen Fenster beginnen erst in auffallender Höhe; zu der ebenso hochliegenden Eingangsthür, die nicht gegen den Zuschauer, sondern gegen links auf einen kleinen Vorbau hinausgeht, führt eine gemauerte Treppe mit niedriger Brüstung außen am Hause hinauf. Oben flaches Dach. Ein zweites Haus von der gleichen Bauart, mit ähnlicher Treppe, ist rechts sichtbar, doch nur im Profil gesehen. Die beiden flachen Dächer verbindet eine mächtige, armsdicke Weinranke, die auf dem Dache des rückwärts liegenden Hauses, in der Ecke rechts, eine Art Laube bildet. In der Mitte der Bühne, das Hinterhaus theilweise verdeckend, mehrere riesenhafte, oben weit ausgebreitete Kaktusstämme, unter deren Kronen man, mäßig gebückt, durchschlüpfen kann. Links ein üppiger Feigenbaum. Gegen die Mitte zu ein einfacher Tisch mit drei Stühlen. Steinbänke rechts an der Hausmauer und hinten an der Treppe. Links von vorne nach hinten schließt eine Mauer ab; darin vorn eine offene Thür.

Erster Auftritt.

Emil und **Alfred** (kommen von vorne links; Alfred in weißem Sommeranzug, einen hellen eingedrückten Filzhut auf dem Kopf; Emil großstädtisch elegant, aber sommerlich gekleidet, einen Feldstecher umgehängt).

Alfred.

Da sind wir! — Mein lieber Emil, warte hier einen Augenblick. (Nach der Treppe des Hauses zur Rechten gehend.) Gleich komm' ich wieder ... Oder willst du auch ins Haus?

---

*) Rechts und links vom Zuschauer aus.

Emil

(sich den Schweiß von der Stirn und vom Halse trocknend).
Nein; ich bleibe hier.

Alfred.

Ich will nur frisches Rauchfutter für dich holen. (Lächelnd.)
Wie man in dieser zauberhaft reinen Luft, auf dieser classi=
schen Insel so viel rauchen kann — —

Emil (setzt sich).

Hole nur die Cigarren. Ich bin ein moderner Mensch
und rauche im Colosseum, also auch auf Capri. — Du könntest
auch einen Tropfen Wein mit herunterbringen; ihr habt hier
eine barbarische Hitze! (Sieht nach seiner Uhr.) Vormittags
um elf!

Alfred (auf der Treppe, lächelnd).

Aber am fünften October. Sommers Ende. — Ich bring'
also auch Wein mit; guten eingebornen .. Weiß oder roth?

Emil.

Kühl!

Alfred.

Sehr wohl! (Ueber die Treppe ins Haus zur Rechten.)

Emil.

Darin hat er Recht: dies ist ein heimlicher, gemüthlicher
Platz. Man ruht aus vom Sehen. Man sieht hier nicht auf
allen Seiten das ewige blaue Meer, das mich etwas langweilt!

Zweiter Auftritt.

Emil; Doctor Clinton. Später Alfred, Assunta.

Clinton

(hell gekleidet, in weiß umwundenem Strohhut, kommt von vorne links.
Spricht mit sehr schwachem englischen Anklang, zuweilen etwas schwer,
das Wort suchend, dann mit plötzlicher Energie es hervorstoßend.
Lüftet den Hut ein wenig).

Ist Herr von Buchau zu Hause?

Emil.

Zu dienen. Mein Bruder wird sogleich herunter=
kommen —

Clinton.

Ah, der Herr Bruder. — Erlauben Sie mir, mich Ihnen vorzustellen: Doctor Clinton, aus Boston, United States, (wie sich verbessernd) Nordamerika.

Emil (ist aufgestanden).

Ich verstehe. (Sich vorstellend.) Emil von Buchau.

Clinton (naiv zutraulich).

Botschaftsrath der kaiserlich deutschen Gesandtschaft in Rom, nicht wahr —

Emil (etwas kühl).

Ja, mein Herr.

Clinton.

Schon seit Mittwoch erwartet; gestern endlich gekom= men —

Emil.

Ja. (Ihn kühl zum Sitzen einladend.) Bitte —!

Clinton.

Ich danke. (Setzt sich an den Tisch, Emil ihm gegenüber.) Ihr vortrefflicher (mit Mühe) Cicerone, Ihr Bruder, hat Ihnen ohne Zweifel die Hauptcapitel dieses Romans, der sich Capri nennt, nun schon zu lesen gegeben —

Emil (trocken).

Ja.

Clinton.

Und Sie sind berauscht!

Emil.

Die Insel gefällt mir recht gut.

Clinton.

Sie sind entzückt, bezaubert, ergriffen!

Emil (wiederholend).

Die Insel gefällt mir recht gut.

— 10 —

Clinton

(ſtußt eine Weile; dann lächelnd, den Arm über den Tiſch nach ihm
ausſtreckend).

Warten Sie nur, mein Herr. Die Herren Reiſenden, die
nach Capri kommen, ſind of two different — — (ſich ver=
beſſernd) ſind von zweierlei Art: die Einen werden ſogleich
am erſten Tag verzaubert — bezaubert — und bleiben es
bis zu ihrem letzten Tag; ſo wie Ihr Herr Bruder. Die
Andern ſagen: (Emil's trockene Kühle nachahmend) „nicht übel;"
„o ja, ein nettes, hübſches Inſelchen;" „ganz paſſabel;" —
die werden dann erſt nach und nach verzaubert — und dann
bleiben ſie es auch bis zu ihrem letzten Tag; zu denen
gehören Sie!

Emil (lächelt).

Sie ſind alſo ein Capri=Enthuſiaſt.

Clinton (nickt).

Unheilbar. — Ich kam auf acht Tage her, bin nun
ſechs Monate hier; komme nicht wieder fort! (Feurig, mit leb=
haften Bewegungen.) Das war ein geſcheidter Mann, der Kaiſer
Tiberius, der das ganze römiſche Reich mit dem Rücken anſah
und ſich an allen Ecken und Winkeln dieſer Zauberinſel ſeine
Villen baute; zwölf, ſagt die Geſchichte! Dafür ſpricht nun
auch jedes Kind in Capri noch vom Tiberius — vom Tim=
berio — wie von ſeinem Großvater .. Und wie Recht hat
Ihr Landsmann, jener Schriftſteller (ſuchend) mit dem langen
Namen, der dieſe göttliche Inſel den auf dem Meer ſchwim=
menden „Sarkophag des Tiberius" nannte; — gut geſagt!
ſehr gut! Der „Sarkophag des Tiberius" — dieſe lang=
geſtreckte, erhabene Felſeninſel — erhaben geſchildert —
ſehr gut!

Emil.

Jedenfalls gibt es viele hübſche Mädchen auf dieſem
Sarkophag —

Clinton

(mit einem Seufzer der Begeiſterung).

Oh! — — Haben Sie das bemerkt?

Emil.

Nun, wie sollte man das anfangen, es nicht zu be=
merken? — Ich habe gestern und heute vorläufig so viel
bemerkt: alle Mädchen auf dieser Insel verkaufen Korallen=
ketten, und alle Mädchen sind hübsch!

Clinton (leise seufzend).

Ja, ja; eine Zauberinsel.... Darum die vielen Ver=
wandlungen, die man hier erlebt: die Fremden aus Deutsch=
land, England, Nordamerika wurzeln hier ein, wachsen fest,
diese schönen Capripflanzen schlingen sich um sie her — der
Priester sagt Amen — und aus den beiden zärtlichen Pflanzen
wächst dann die dritte. Der Mann wird Capreser; er kommt
nicht mehr fort! Er baut sich eine Villa, wenn er Geld hat,
ein Häuschen, wenn er keins hat —

Emil.

Sieht seine Frau alt und häßlich werden —

Clinton.

Freut sich an den kleinen hübschen Capresern, seinen
Kindern —

Emil.

Und endlich legt er sich auch in den großen Sarkophag
— und der Deckel schlägt zu.

Clinton.

Nun ja, der Deckel schlägt zu; aber der Mann hat doch
gelebt!

Emil (überlegen lächelnd).

Finden Sie das? — — Aber entschuldigen Sie; Sie
sind hier vielleicht auch schon so angewurzelt —

Clinton.

Ich? O nein! (Mit einem unsicheren Blick nach dem rück=
wärts stehenden Haus.) Ich — — ich denke auch nicht daran.
Ich reise nur so herum... Was soll ich ewig da drüben in
Amerika? Zwanzig Jahre lang war ich da Doctor der Medicin;
das ist genug, denk' ich. Jetzt genieß' ich meine Zinsen und mein
Leben in Europa, Herr; Amerika hat keine Geschichte, keine Rui=

neu, keine Kunst! (Mit jugendlichem Feuer.) Und ich bin so ein alter Schwarmer — (sich verbessernd) Schwärmer — für die Kunst; — wenn auch Ihr verehrter Bruder sagt, ich verstehe nichts von der Kunst. (Liebenswürdig elegisch lächelnd.) Ich habe ein gutes Herz, sagt er, aber keine Augen —

Emil
(der zerstreut und etwas ungeduldig zuhört).

Wir wollen hoffen, daß er Unrecht hat. (Alfred erscheint auf dem flachen Dach des Häuschens zur Rechten, rückwärts in der Ecke, hinter einer niedrigen Brüstung; schaut nach dem anderen Dache hinüber.)

Clinton.

Vielleicht hat er Recht; ich weiß nicht! Ich bin aller= dings nur so ein beruhigter — (sich verbessernd) zur Ruhe ge= setzter Doctor der Medicin; er ist ein Künstler, ein Bildhauer, ein von Gott begnadigter... Das leugne ich nicht! Darum verehr' ich ihn auch, und von ganzem Herzen —

Emil
(ungeduldig um sich blickend).

Er wollte gleich wiederkommen —

Clinton
(blickt nach hinten; lächelnd).

Ah! Er steht auf dem Dach.

Emil.

Wahrhaftig. — Was thut er da?

Assunta
(erscheint auf dem anderen Dach), wie von unten heraufsteigend; eine große irdene Schale in den Händen. Schlicht in Hauskleid und Schürze; um den Hals große Korallenketten, alterthümliche Ohrgehänge, ein seidenes, farbiges Tuch um den Kopf geschlungen, das anmuthig in den Nacken, auf den Rücken fällt. Sie geht langsam von links nach rechts, vor sich niederblickend. Als sie zu der kleinen Rebenlaube in der Ecke kommt, erblickt sie Alfred, erwidert stumm seinen Gruß, mit einem fliegenden Blick und etwas erregtem Lächeln).

Clinton
(steht auf; für sich).

Assunta! (Mit gedämpfter Stimme.) Was er da thut? Etwas sehr — sehr Natürliches: seine schöne Nachbarin begrüßen...

Emil (ist aufgestanden).

Ah! Seine Nachbarin —

Clinton.

Ja! (Für sich, lächelnd.) Der Glückliche!

(Assunta, nachdem sie Alfred's Gruß erwidert hat, schneidet Weintrauben ab, legt sie in die Schale. Alfred sieht ihr zu.)

Emil (halblaut).

Hm! — Auch eine Schönheit, wie mir scheint.

Clinton (ebenso).

Auch eine? Herr, die Allerschönste auf der ganzen Insel. Haben Sie gesehen, wie sie über das Dach ging? Dies Portamento, diesen Schritt? — Und wie steht sie nun da? Classisch! Antik! — Sehen Sie ihr Kopftuch an; so tragen es die Frauen drüben in Anacapri; denn von drüben stammt sie — und das Kopftuch trägt sie auch hier in Capri noch. Eines Korallenfischers Tochter; eines von den reichen —

Emil.

So, so! (Für sich.) Wie dieser Alfred sie anstarrt... (Halblaut.) Verheiratet?

Clinton.

Nicht mehr; Witwe. Witwe eines deutschen Malers — (Emil starrt ihn überrascht an.) Ja, ja. — Einer von den unbekannten; liegt schon lange im „großen Sarkophag": war nur ein Jahr lang so glücklich, diese Frau zu haben —

Emil (plötzlich laut).

Alfred!

(Alfred fährt zusammen, Assunta blickt auf.)

Alfred.

Wer ruft? — — Ja wohl. Ich komme! — Gleich, gleich bin ich da! (Zu Assunta.) Auf Wiedersehen... (Sie nickt stumm, geht dann langsam über das Dach zurück und verschwindet wieder. Auch Alfred verschwindet von seinem Dach.)

Clinton.

Also er kommt Da werde ich ihm denn mein Anliegen vortragen —

Emil (scheinbar wieder ruhig).

Sie sind ein Freund meines Bruders?

Clinton.

Ich bin sehr sein Freund; (liebenswürdig lächelnd) aber es ist nicht ganz gegenseitig. Ich liebe ihn unangewidert —

Emil (lächelt).

Unerwidert, wollen Sie sagen —

Clinton.

Unerwidert; ja! Er verachtet zu sehr meine Kunst= urtheile —

Dritter Auftritt.

Emil. Clinton. Alfred.

Alfred

(kommt mit einer Platte, auf der er eine strohumflochtene weingefüllte Flasche, drei Gläser und ein Kästchen mit Cigarren trägt, seine Treppe herab).

Also da bin ich. Endlich. Verzeih', Bruder. (Stellt die Platte auf den Tisch.) Ich hatte gestern versprochen — — (Bricht ab.) Guten Morgen, Doctor Clinton! Weil ich Sie vom Dach aus sah, hab' ich auch für Sie ein Glas mitgebracht. (Schenkt ein.) Trinken Sie —

Clinton.

Ich hab' eine Frage an Sie, lieber Herr von Buchau —

Alfred.

Eine Frage? Bringen Sie sie vor.

Clinton.

Ich habe heut' einen Reiterdienst — — Ritterdienst zu leisten: meine Schwester und ihre Freundin, die schwedische Baronin, die ein paar Tage hier sind, haben mich verpflichtet, einen Ausflug mit ihnen nach Pompeji zu machen —

Alfred.

Heute noch?

Clinton.

Ja. Es ist elf Uhr; in zwei Stunden und einer halben
sind wir in Sorrent; von da im Wagen zwei Stunden nach
Pompeji; das ist früh genug. Heute am Sonntag, wo der
Eintritt frei ist, braucht man nicht so einen officiellen Führer
mit sich herumzuschleppen; das ist sehr angenehm —

Alfred.

Gewiß!

Clinton.

Auch bin ich selber wohl kein so übler Führer; ich kenne
Pompeji sehr gut ... (Etwas zaghaft.) Nur hätte ich gern —
bessere Gesellschaft. Die Wahrheit zu sagen: meine Damen
sind ein wenig langweilig; wenn ich etwas erhaben finde,
finden sie es très-joli, oder charming, indeed .... Lieber
Herr von Buchau —!

Alfred.

Nein.

Clinton.

Was nein? Ich habe ja noch gar nicht gefragt —

Alfred.

Aber Sie wollen mich fragen, ob ich mitgehe — (gemüthlich) und darauf sage ich: Nein!

Clinton (zu Emil).

Sehen Sie, Herr von Buchau, so ist er. Er verachtet
mich. Mit so einem überseeischen Barbaren wie ich geht er
nicht nach Pompeji —

Alfred
(ihm beide Hände auf die Schultern legend).

Lieber Doctor Clinton! Sie sind kein Barbar; aber so
eine todte Stadt aus dem Alterthum, in der mir so ganz
besonders zu Muth wird, die seh' ich lieber ohne Sie; nehmen
Sie's nicht übel. Nur mit wirklichen Kunstmenschen, lieber
Doctor Clinton, oder ganz allein; oder gar nicht!

Clinton.

Hm! (Harmlos.) Aber die Donna Assunta wollen Sie
doch nach Pompeji mitnehmen —

Emil (betroffen).

Ah!

Alfred
(mit Verlegenheit kämpfend).

Wer hat Ihnen das gesagt?

Clinton.

Sie selbst. Gestern —

Alfred.

Nun, das ist ein anderer Fall: das ist Galanterie gegen meine Hausfrau. (Zu Emil.) Ich bin nämlich ihr Miethsmann: auch dies Haus gehört ihr —

Emil.

So —!

Alfred.

Ja.

Clinton.

Galanterie .... Gegen Galanterie hab' ich nichts zu sagen. Also verzeihen Sie mir meine dumme Frage . — (Gibt Alfred die Hand, will gehen.)

Alfred.

Trinken Sie aus, Doctor, eh' Sie uns verlassen.

Clinton.

Ich trinke auf Ihr Wohl (herzlich lächelnd) und auf den Tag, wo wir doch noch Freunde werden. Sie sehen, ich bin hartnackig — (sich verbessernd) hartnäckig wie ein Yankee. Guten Tag, meine Herren! (Vorne links ab.)

Vierter Auftritt.

Emil. Alfred.

Alfred.

Ein braver Mann, dieser Doctor Clinton. Er kann zwar auch wild werden wie ein Neapolitaner; man sieht's ihm nicht an.... Nun? Ist das nicht ein angenehmer, „herziger" Wein? (Klingt an Emils Glas.) Und dieses Plätzchen? Hier sitz' ich dir gar so gern. — Steig' ich dann auf mein Dach, so hab' ich auf einmal die ganze Welt um mich her: das Meer links und rechts, den Vesuv, Neapel, die Felsenmauer von Capri, das Städtchen, die Wein= und Orangengärten —

Emil.

Und die Donna Assunta auf dem andern Dach.

Alfred
(sucht unbefangen zu lächeln).

Ja; und die ist nicht das Schlechteste. — Aber du rauchst ja nicht.

Emil.

Weil ich mich die ganze Zeit über dich verwundere. — — Aber der Wein ist gut. — (Scheinbar absichtslos.) Von dieser Assunta hattest du mir ja noch nichts gesagt.

Alfred.

Mein Gott, wir hatten so viel Anderes zu reden, nach der langen Trennung. Und so viel zu sehen —

Emil.

Ja freilich. (Steht auf. Macht einige Schritte.) Also in eini= gen Tagen muß ich nach Rom zurück, mein Amt anzutreten. Du solltest mitgehn, Alfred.

Alfred.

Ich? — Warum?

Emil.

Nun, wir haben ja „Sommers Ende", wie du vorhin sagtest. Du wirst wieder arbeiten wollen —

Alfred.

Arbeiten .. Ich lag hier ja auch nicht auf der Bären= haut. Ich hab' viel gelernt, studirt; wenn es weniger heiß war, hab' ich gezeichnet, componirt, auch hier und da etwas modellirt —

Emil.

Ohne Atelier. Ihr seid ja ohne Atelier — (lächelnd) was wir ohne Kanzlei. — Wenn es dich noch nicht nach Deutsch= land zieht —

2

Alfred.

In den Norden? Nein!

Emil.

Nun, so ist ja Rom der Ort, wohin du als Bildhauer
gehörst. Auf der Durchreise durch Rom, hierher, hab' ich
gesehen, wie gut es da für dich steht. Dein schlafender Endy=
mion, der auf der Ausstellung war, hat dir einen Namen
gemacht; viel mehr, als du glaubst. Unser Botschafter inter=
essirt sich für dich. In der Diplomatie und Aristokratie predigt
man deinen Ruhm; daß du ein „Buchau" bist, gibt dir von
vornherein ein Piedestal, auf dem alle Welt dich sieht. Komm'
du nur nach Rom — du mit deinem alten Namen, deinem
jungen Ruhm und deinen äußeren Vorzügen — so hast du
Alles für dich: die Excellenzen, die schönen Frauen und die
ganze große internationale Gesellschaft, die sich um das alte
Capitol versammelt. Man hat mir auch schon ein gutes Atelier
für dich in Aussicht gestellt —

Alfred.

Ich danke dir sehr. Indessen — mit alledem eilt es
nicht. Nach euren Excellenzen und internationalen Gräfinnen
trag' ich kein Verlangen; lernen kann ich von ihnen nichts,
und als Modelle kann ich sie nicht brauchen. Hier hab' ich
Sammlung, Freiheit — und wohl auch Modelle; durch das
große Museum von Neapel Anregung, so oft ich will; und
ein gutes Atelier mauert man mir wohl auch hier zusammen.
Ich könnte also recht gut —

Emil (unruhig).

Was? Hier bleiben? Herbst und Winter durch?

Alfred.

Warum nicht? Wenn es für meine Kunst — — (Bricht
ab, da er Assunta sieht. Assunta, die Schale von vorhin auf dem Kopfe
tragend, während eine Hand sie hält, kommt aus ihrem Haus hervor
und die Treppe herab.)

Fünfter Auftritt.

Die Vorigen; Assunta.

Emil

(Alfred's Augen folgend, erblickt Assunta nun auch; plötzlich, leise murmelnd).

Für deine Kunst? Für Die!

Alfred (zerstreut, leise).

Was sagst du? — — Schau' sie an, Emil. Wie sie die Schale trägt; wie eine Athenerin aus Phidias' Zeit — die im Festzug geht —

Assunta

(setzt die Schale ab, hält sie in den Händen. Geht auf Emil zu. Mit schlichtem, natürlichem Anstand, etwas fremdem Accent; freundlich).

Guten Tag, mein Herr. Bitte, nehmen Sie von diesen Weintrauben und von diesen Feigen. Ich hoffe, sie sind gut!

Emil

(befremdet, verwirrt, blickt mit kaum verhehltem Mißmuth auf Alfred. Nach einer Weile, kühl).

Sie sind sehr gütig, Signora — — (Drückt durch sein Verstummen aus, daß er ihren Namen nicht kennt.)

Assunta

(erblaßt; beißt sich auf die Lippe).

Ah! — Dio mio! Ich habe offenbar es nicht recht gemacht; eine große Unschicklichkeit habe ich begangen... (Zu Alfred.) Ich bitte, machen Sie mich bekannt mit diesem Herrn; denn offenbar habe ich vorher nicht das Recht, ihm etwas anzubieten.

Emil

(nach einem Blick auf den verfinsterten Alfred).

Entschuldigen Sie! — Ich meinte es nicht so —

Assunta

(mit äußerer Ruhe und Würde).

Doch, mein Herr; Sie haben es so gemeint; ich verstehe recht gut. Ich bitte um Entschuldigung über meinen Irrthum. Ich dachte, als Padrona di casa könnte ich dem Bruder des

2 *

Herrn von Buchau ohne Weiteres — — Ma no. Aber nein.
Das war viel zu natürlich, also gar nicht schicklich. (Zu
Alfred.) Bitte, bitte, sagen Sie ihm, wer ich bin!

Alfred.

Beste Frau Assunta, kränken Sie sich nicht. Mein
Bruder kommt aus dem Norden, aber doch nicht aus Eng=
land; so ein Narr der Form ist er nicht, wie Sie von ihm
denken. Es hat ihn nur verwirrt, plötzlich aus Ihrem Mund
so ein richtiges, schönes, gutes Deutsch zu hören —

Emil.

Mein Bruder hat Recht, Madame. Ich war so er=
staunt — —

Assunta (wieder freundlicher).

Daß ich Ihre Sprache spreche? Ich habe sie gelernt —
so gut, wie es ging — meinem Mann zu Liebe: weil ich die
Ehre hatte, einen Deutschen zu heiraten. Es sind immer
Deutsche auf der Insel Capri; mit denen spreche ich deutsch.
(Zu Alfred.) Nun? Sagen Sie uns allen Beiden, wer wir sind;
wir wissen es ja noch nicht.

Alfred.

Sie sind unerbittlich . . . Gut! — Emil von Buchau,
einziger Bruder des sehr ehrenwerthen Alfred von Buchau;
gegenwärtig auf Urlaub, in einigen Tagen nach Rom, Seiner
Majestät dem deutschen Kaiser als Diplomat zu dienen. Frau
Assunta Leoni, Bürgerin von Capri, Besitzerin dieser Wein=
trauben — (nimmt eine davon aus der Schale, ißt) von denen ich
mit Ihrer Erlaubniß koste — und dann das richterliche Urtheil fälle: sie sind gut!

Emil.

Darf ich auch nehmen, Madame?

Assunta.

Ich bitte.

Emil (nimmt eine Traube).

Meinen ergebensten Dank! — — Ich verstehe nicht:
„Frau Assunta Leoni" sagt mein Bruder. Wenn Sie aber
die Frau eines Deutschen waren — —

Assunta.

Es ist nicht meine Schuld, mein Herr; es ist so gekommen.... Ich war auf der Insel bekannt als Assunta
Leoni —

Alfred.

Als die schöne Assunta Leoni von Anacapri —

Assunta.

Ich verlor meinen Mann schon nach einem Jahr; da
sagten sie wieder: die Assunta Leoni, die ist Witwe
worden —

Alfred.

Und so singen und sagen seitdem die Alten und die
Jungen, bis auf diesen Tag!

Assunta
(nach einem lächelnden Blick).

Warum unterbrechen Sie mich immer, wenn ich rede.
(Zu Emil.) Ihr Bruder freute sich so sehr, so sehr, Sie zu
sehn ... Aber so bald wollen Sie ihn verlassen. — Ich
hoffe, im Winter kommen Sie wieder; Rom ist ja nicht so
weit!

Emil.

Sie glauben, mein Bruder bleibt über Winter hier —?

Assunta.

Gewiß; er hat's ja gesagt. (Emil, überrascht, blickt auf Alfred,
der etwas verlegen mit einer Traube spielt.) Alles wird geschehn,
was er wünscht; er wird ein Atelier haben wie die Herren
in Rom oder in Neapel. (Auf das Haus zur Rechten deutend.)
Wir werden einen Anbau machen und ein hohes Fenster; und
sein Freund, der Herr Bruger, wird für Alles sorgen und
helfen.

Emil (gezwungen lächelnd).

Und jedenfalls meinen Sie, es wäre so gut für ihn —

Assunta (naiv).

Warum nicht? Wo ist es denn besser, als auf unsrer
Insel?

Emil.

Nun, je nachdem! (Für sich, unruhig.) Er sagt nichts! (Laut.) „Der Herr Bruger," sagen Sie... Was ist das für ein Freund?

Isaule.

Kennen Sie ihn nicht? (Emil verneint.) Das ist der Herr Bruger, den hier jede Seele kennt; lebt seit vielen Jahren (nach vorne links deutend) da draußen, gegen die Punta Tragara zu; hat ein Mädchen von Capri zur Frau. Auch ein deutscher Künstler —

Emil (betroffen).

So, so —!

Isaule.

Ja, Herr. Ein Maler —

Alfred (gezwungen scherzend).

Der auch zuweilen gelegentlich etwas malt —

Isaule (mit Geberde).

Und so kleine Bilder; (lächelnd) aber sein Herz ist gut! (Erblickt ihn.) Da steht er!

Sechster Auftritt.

Die Vorigen; Bruger und Fabian.

Bruger

(erscheint links in der Thür, hinter ihm Fabian; übellaunig).

Schönen guten Tag!

Alfred.

Ebenso viel. Treten Sie näher, Bruger.

Bruger

(tritt ein. Er geht etwas nach vorne gebeugt, den Kopf in den Schultern; im Bart und an den Schläfen grau, obwohl noch in mittleren Jahren; in vernachlässigter und auffallend abgetragener Kleidung, einen eingedrückten, alten Kalabreser weit zurückgeschoben. Erblickt nun erst Emil).

Ah! Ich störe!

Alfred.

Nicht doch. (Vorstellend.) Mein Bruder. Gottfried Bruger von Capri. (Auf den jungen Fabian deutend, der, ähnlich wie Bruger gekleidet, ihm gefolgt ist.) Der hoffnungsvolle Fabian, sein Neffe.

Assunta (zu Bruger).

Oimè! Was machen Sie für ein saures Gesicht. Sie sind verstimmt.

Bruger
(rückt den Hut in die Stirn).

Nun ja, ich bin verstimmt. Warum soll ich's nicht sein? Unsere Katze ist krank — (sich einen Augenblick zu Emil wendend) verzeihen Sie... Darüber ist meine Frau nun in großer Sorge. Ich wand're zum Apotheker; der soll helfen, meint sie. Wird wohl auch nicht helfen. (Schiebt den Hut wieder zurück, tratzt sich am Hinterkopf.) Dann ist mir mein letztes Bild (zögernd) jetzt zurückgekommen. Unverkauft... (Wieder einen Augenblick zu Emil gewendet.) Verzeihen Sie, daß ich davon spreche. — Dieses Motiv gefällt nicht mehr; „abgenützt, verbraucht, dreißigste Auflage!" schreiben sie in den Zeitungen. (Murmelnd.) Ich hatte nun aber sehr auf den Verkauf gerechnet...

Assunta (mitleidig).

Poverino! — — Was ist da zu machen? — Malen Sie einmal ein and'res Motiv; richten Sie sich auf. — Ich will zu Ihrer Frau gehn (ein wenig lächelnd) und zu trösten suchen —

Bruger (drückt ihr die Hand).

Sie sind immer gut! — — Sagen Sie aber meiner Frau nicht, daß ich verstimmt bin; (tief gedrückt) denn wenn sie merkt, daß ich verstimmt bin, dann wird sie verstimmt —

Alfred (gutmüthig lächelnd).

Und das verstimmt wieder Sie; und so hat's kein Ende! (Bruger seufzt.)

Assunta.

Nein, ich sage nichts. — Nehmen Sie etwas von den Früchten da, eh' Sie weiter gehn — (Wendet sich, sieht, daß

Fabian aus der Schale nascht. Schlägt ihm scherzend auf die Hand.)
Spitzbube! Können Sie nicht warten, bis man Ihnen anbietet?

Fabian

(küßt seine Hand an der geschlagenen Stelle).

Danke für gnädige Straf'!

Assunta

(auf die geküßte Stelle deutend).

Das schickt sich nicht! — Also ich schaue, wie es der
Frau und der Katze geht. — Den Kopf hoch, Bruger; richten
Sie sich auf! (Richtet ihn selber auf, mit einer kurzen, resoluten
Bewegung beider Hände.) Guten Tag den Herren. (Verneigt sich
gegen Emil: wechselt mit Alfred einen raschen, warmen Blick und ein
flüchtiges Lächeln; dann vorne links ab.)

Bruger (ihr nachsehend).

Ja, die ist gut. (Zu Emil.) Was die Katze betrifft — —
wenn Sie wüßten, Herr von Buchau, wie diese Italienerinnen
an ihren Katzen hängen ... Und Kinder haben wir nicht.
(Melancholisch murmelnd.) Haben wir nicht. — — — Sie gehen
von hier nach Rom, wie ich höre —

Emil.

Ja, ich gehe nach Rom.

Bruger.

Da sind Sie sehr zu beneiden ... Roma l'eterna!
Das ewige Rom! — — Da waren wir jung, als wir noch
in Rom waren; da hofften wir noch kleine Rafaels zu wer=
den — — (wehmüthig vor sich hin) Ja, wo sind die Zeiten.
— Auch unser altes Deutschland möcht' ich wohl einmal wieder
sehen; (mit einem halben Lächeln, die Achseln zuckend) fehlen
nur die Flügel. — — Verzeihen Sie gefälligst, daß ich davon
rede; — aber wenn man so einen Landsmann sieht, der
in die Welt hinausgeht — da kommt's über Einen, (sucht
wieder zu lächeln) und da fühlt man die Stelle an den Schul=
tern, wo die Flügel fehlen!

Alfred.

Sie haben heute wieder Ihren melancholischen Tag. — —
Na, und Sie, kleiner Fabian, College in Phidias? Wann
gehen Sie wieder nach Rom?

Fabian (leise).

Ich kann ja nicht fort; (mit einem Blick auf Bruger) das
Geld, das ich noch hatte, hat er mir abgepumpt. (Laut.) Ich
will übrigens gar nicht fort; mit den Römerinnen ist's n i c h t s
mehr, die Frauen von Capri sind schöner!

Bruger.

Weil du verliebt bist, Schlingel. — Meine Herren, so
wahr ich lebe, dieser wahnsinnige Bengel ist (auf Assunta's Haus
deutend) in die Frau da verliebt!

Emil (für sich).

Der auch!

Fabian (tragikomisch).

Was hilft's? (Nimmt eine Feige aus der Schale, ißt sie.)

Bruger.

Komm', Schlingel; wir müssen fort. (Halblaut zu Alfred,
den er etwas bei Seite zieht.) Hätt' ich nur wenigstens dieses
Bild verkauft, Buchau ... Meine Frau wünscht sich mit
wahrer Desperation einen neuen Schmuck. Es kränkt sie so
sehr, daß die Teresa und die Annunziata so viel mehr Ketten
und Zeug an sich tragen, als sie! — — Uebrigens, was
nützt ihr der Schmuck: jünger macht er sie nicht. (Halb vor sich
hin, gepreßt.) Es ist merkwürdig, wie schnell manche Frauen alt
werden —

Alfred (um etwas zu sagen).

Man hat dann die Erinnerung, Bruger.

Bruger.

Ja, ja. (Den Hut tief in die Stirn ziehend.) Das ist Alles,
was bleibt. — — Also zum Apotheker. (Laut.) Ihr Diener,
meine Herren! — — Ja, ja, die Erinnerung.... Nichtsnutz,
komm'! (Geht.)

Fabian
(nimmt schnell noch eine Weintraube aus der Schale).
Aus Liebe! (Läuft ihm nach.)

Siebenter Auftritt.

Emil. Alfred.

Emil (nach einer Weile).

Hm! — Vergangenheit, Gegenwart und Zukunft.

Alfred.

Was ist das für ein Rebus? Was heißt das?

Emil.

Ich denke nur so. — Herr Bruger, du und der „Nichts=
nuß", ihr Drei seid Vergangenheit, Gegenwart und Zukunft.

Alfred.

Ich verstehe dich nicht.

Emil.

Vielleicht willst du nicht. — Dieser melancholische
Bruger, mein' ich, hat hier seine Eva und — seine Kette
gefunden; der Junge möchte sie finden; und du findest
sie jetzt.

Alfred (eine Weile stumm).

Mein kluger Bruder.

Emil.

Jedenfalls dein Bruder; also dein bester Freund. —
Nimm' mir's nicht übel, Alfred, wenn ich mich so in dein
Leben eindränge...

Alfred.

Ich glaube, du hast kein Recht, so förmlich und vor=
sichtig zu reden. Wir haben uns immer wie gute Brüder
benommen, denk' ich; haben uns redlich „eingedrängt" in des
Andern Leben, wo wir's nöthig fanden —

Emil.

Gewiß.

Alfred (etwas mühsam lächelnd).

Und da du nicht nur mehr Jahre hast, als ich, sondern
auch mehr Verstand —

Emil.

Sagst du das im Spott?

Alfred.

Nein, auf Ehre nicht. Ich weiß sehr gut, daß ich mehr Phantasie habe als Verstand; und du umgekehrt. Ich hab' leider immer zu sehr ohne Verstand, im Temperament gelebt... .(Plötzlich.) Nun, so sag's, was du auf dem Herzen hast. Daß ich hier bleiben will, das gefällt dir nicht. Du willst mich in Rom oder Deutschland haben, einen großen Mann aus mir machen — (mit erzwungenem Lächeln) damit du dann sagen kannst: Seht, das ist mein Bruder; den hab' ich gemacht!

Emil (lächelt gelassen).

Deine Phantasie jagt schon wieder ins Weite. — — Nur eine Frage, Alfred.

Alfred.

Bitte.

Emil.

Was hält dich hier fest? — Capri?

Alfred.

Ja, ja, ja; Capri. — — Lieber Emil, verzeih' mir: das verstehst du nicht! — Du hast nun diese Insel gesehn — glaubst sie nun zu kennen — (in allmählich heraustretender innerer Erregung) aber so ein offenes Blatt Papier, wie eure Circular-noten und Urkunden, ist die Schönheit nicht. Dieses feierliche Felsenland, das aus dem göttlichen Meer wie ein Traum, wie ein Geheimniß aufsteigt; die Ufer so jäh und steil, wie um die übrige gemeine Welt von sich abzuwehren, nur die Musik des Meers rauscht leise herauf; und oben auf diesem steinernen Geheimniß, das der Vater aller Bildhauer wunder-bar gemacht hat, da blüht und wächst dir nun Alles, was den Augen und den Sinnen und der Seele gut ist: das ver-lorene Paradies! Alles so groß und ernst, und so schön und lieblich; die wilden Felsen so edel, der Himmel so ätherhell, die dunklen, immergrünen Bäume so von Licht durchglüht; alle Farben so warm, alle Früchte so süß — — und die Frauen so schön! — Du gehst wie im Traum umher, oder auf so einem röthlichen Gestein, unter einem silbern schimmern-den Oelbaum schaust du über die Tiefe weg nach den blauen Inseln, nach der Rauchkerze des lavabraunen Vesuv; hinter dir singt Jemand vom Berg herunter, du drehst dich herum: da! wie eine Statue, die gehen gelernt hat, kommt eine Göttergestalt von einem Mädchen den Felsweg herab; den Wasserkrug auf dem Kopf, den Arm gehoben, nichts als Anmuth und Lieblichkeit und Grazie. Sie lächelt dich an, mit so einem kindlichen, gottgeschaffenen, griechischen Lächeln; sie will nichts von dir: laß' sie nur weitergehn, schau' ihr nach, sei glücklich. Bald wird eine Andere kommen, die ist auch so schön... Alles ist hier schön. Nur stille sein, alle Sinne offen, und die Welt genießen. Und ich sage dir, es kommt so ein Götterfrieden über die liebe Seele; so eine Paradieses= stille ... Streit und Sorgen vergeh'n; all' die kleinen Be= gierden, die strebsamen Eitelkeiten fallen aus dem Herzen; Rom ist nichts, die Erde ist nichts; nur immer so weiter= träumen auf der „Insel der Seligen", und nur nicht er= wachen!

Emil

(geht nach einer Pause zu Alfred, legt ihm eine Hand auf die Schulter).
Und Assunta Leoni.

Alfred.

Nun ja! Nun ja! Und Assunta Leoni! — Dahin zieltest du ja doch mit dem ersten Wort. Ja, ja, ja, ich habe hier Augen — und hier ein Herz — und wie dein kluger Kopf es errathen hat, so ist es — und ich kann's nicht ändern!

Emil

(erschrickt; faßt sich; nach einigem Schweigen).

Wozu regst du dich auf; laß' uns ruhig reden. — Du bist ja nicht der Erste, dem es so ergeht. Man hat Künstler= augen, man findet hier ein kleines Paradies — das vor jenem verlorenen Paradies noch einen Vorzug hat: die schönen Mädchen und Frauen. Man verliebt sich; man lernt nach und nach in der schönen italienischen Sprache seine Ge= fühle ausdrücken; — endlich kommt eine Stunde, wo Er und Sie von diesen Gefühlen fortgerissen werden — dann muß man als Ehrenmann heiraten Die Frau ist auf Capri geboren, will auf Capri sterben; wo kann es auch schöner sein, als auf dieser glücklichen Insel; also: „Bleiben wir hier!" — Der Mann bleibt; (widersprechende Bewegung Alfreds) oder zieht es ihn endlich doch in die Welt zurück, schleppt er die Frau mit hinaus, so welkt sie vor Heimweh hin. Sie paßt auch nicht in die Welt, für die sie weder geboren noch erzogen ist; sie paßt nur für Capri ... (Alfred, getroffen, starrt auf den Boden.) Der Mann begreift das — resignirt sich — gibt nach. Also nach Capri zurück! Er spinnt sich ein in diese kleine Welt; er geht zu den Ruinen der Villa des Tiberius und wirft seinen Ehrgeiz vom Felsen in das Meer hinunter; er lernt zum Apotheker wandern, wenn die Katze krank ist. Ihn verläßt so nach und nach seine Kunst, und die Frau ihre Jugend. Sie wird häßlich, er wird melancholisch. Sie träumt von Zahlen in der Lotterie, er von den Hoffnungen und Idealen, die er früher hatte. Endlich wird er ein Bruder —

Alfred
(von einem plötzlichen Schauder geschüttelt, heftig).

Niemals!

Emil.

Oder schlimmer. Tief unglücklich. Und endet vielleicht freiwillig sein verfehltes Leben — — und sie heißt dann wieder „Assunta Leoni"!

Alfred (verstört, nach einer Weile).
Wozu sagst du mir das alles —

Emil.

Weil ich dein Bruder bin; und weil ich bei Zeiten — — (Verstohlen forschend.) Aber vielleicht ist es schon zu spät. Vielleicht — —

Alfred.
Nein. — Ich weiß was du sagen willst. — Nein. Diese Frau ist ehrbar wie irgend eine von euren deutschen Frauen...

Emil (aufathmend).
Desto besser, Alfred. — Also noch nichts als — —

Alfred.

Du hattest ja wohl schon große Sorge um mich. Was blickt dir da so ernst aus den Augen —

Emil

(ergreift seine Hand; mit halb verhaltener Empfindung, schlicht).

Ich hab' dich lieb, Alfred.

Alfred (nickt).

Ja, ja. (Wirft ihm plötzlich die Arme um den Nacken.) Lieber, guter Emil! — Steh' mir bei! Bleib' mir treu, lieber, guter Bruder; verlaß' mich nicht!

Emil

(mit seiner Weichheit kämpfend).

Wie närrisch du sprichst; wie könnt' ich dich verlassen. — — Deine Augen glüh'n. — Also eine so ernste Sache ist es zwischen dir und ihr —

Alfred (die Stimme dämpfend).

Ja, ja. — — An dem Abend, eh' du kamst — ich sah sie da oben stehn; über ihr den Mond, der eben goldig wurde — — ich stand eine Weile so da, endlich stieg ich zu ihr hinauf. Sie war ernst und still; ich auch. Die Trompeten bliesen von dem Kloster her, wo jetzt die Soldaten wohnen... Ich dachte an die Heimat; Alles war mir da so grau, so fremd, so schattenhaft; nur hier Leben und Licht. Endlich sagt' ich zu ihr: „Assunta, meine Zeit will zu Ende gehn; — aber wie könnt' ich dieses Capri je verlassen, Assunta". . . . Sie antwortete nichts. Und nach einer Weile übermannte es mich: „Assunta," sagt' ich, „ohne Sie kann ich nicht mehr leben" . . Da zuckte es durch sie hin wie ein Blitz. Und sie zitterte. Aber sie sagte nichts. Und ich — — ich hatte die Welt vergessen und verloren; „nur nicht fortgehn," dacht' ich . . . (Auf das Haus rechts deutend.) „Wenn Sie dieses Häuschen da etwas größer machten," fing ich wieder an, „daß ich eine richtige Werkstatt darin hätte, und kneten und schaffen könnte — diesen Winter noch — und dann, wer weiß, immer so fort und fort!" — Sie sah mich an, lächelte und nickte. Und wir sprachen lange — sehr verständig, vernünftig — wie man's machen könnte; und wie es dann kam, das weiß ich nicht: (selig lächelnd, dann ernsthaft, leise die Achseln zuckend) ich hielt sie in meinen Armen....(Schließt die Augen; zögernd, wie schamhaft.) O, wenn du wüßtest, Emil — — Ich war nie so glücklich... (Sucht sich zu fassen.) So standen wir da; beide still... Endlich machte sie sich los — sagte gute Nacht — verschwand. — — Ich blieb stehn und dachte: was wird nun aus ihr und mir ... (Nach einer Weile, mühsam.) „Mann und Frau," dacht' ich ... Es schien mir so möglich, so gut. — — Dann war mir, als sähe ich dein Gesicht, hörte deine Stimme; — und die uns'res Vaters... (Beengt) Und endlich bin ich dann still herab=gestiegen, und in mein Zimmer hinauf; und habe da die halbe Nacht auf meinem Bett gesessen ... (Schweigen.) Warum bist du so still? — — Ja, so steht es, Bruder. (In noch ver=haltener Bewegung.) Ich liebe sie! Ich liebe sie! — — Wie soll es enden; ich weiß nicht!

Emil (langsam).

Ich verstehe wohl. — Du gibst ja zu, ich habe etwas Verstand; und „Verstand" kommt ja von „verstehn". — Du hattest den Zusammenhang mit der Welt verloren; Alles schien dir möglich — was unmöglich ist. — Mann! Du mußt fort!

Alfred (starrt ihn an).

Fort —

Emil.

Alfred! Dein Talent! Deine Begeisterung, dein Ehrgeiz, deine Pflichten — — Alles steht auf dem Spiel. Noch bist du frei; aber bleibst du diesen Winter noch hier — bleibst du jetzt noch hier — kommst du nie mehr fort! — Die Frau ist schön und ist gut; für Einen ihres Gleichen wäre sie gewiß eine Frau nach dem Willen Gottes; — dich richtet sie zu Grunde, wenn sie dich behält. Wohin ging sie jetzt? Bruger's Frau um ihre Katze zu trösten ... Was sagte sie vorhin? „Wo kann es denn besser sein, als auf uns'rer Insel!" — Das ist ihre Welt. Und du, mit deinen großen Gesinnungen, deinem Streben, deinen Idealen! Du, der du der Stolz und der Abgott uns'res Vaters warst —

Alfred.

Emil —!

Emil.

Ich hab' dich zuweilen beneidet, weil er dich so ver-
götterte... Wenn er's auch nicht sagte, — aus den großen
feurigen Augen leuchtete ihm die Ueberzeugung: „Mein Alfred
wird ein großer Mann werden, der wird uns Ehre machen,
der wird unsern Namen aus der Provinz in die Welt hinaus-
tragen, und für alle Zeiten!" — Daß es schon längst ein
edler Name war, den du trägst, will ich nicht betonen...
Ernähren kann er dich nicht; reich sind wir nicht. Dein bischen
Vermögen hast du so nach und nach aufgezehrt; es reicht nur
noch ein paar Monate, wenn ich nicht sehr irre. (Alfred nickt
vor sich hin.) Also Arbeit, Bruder... Laß' uns denken,
du warst nun lange genug im Paradies; „im Schweiße deines
Angesichts sollst du nun dein Brod essen," nach dem alten
Fluch, der unser Segen ist. (Lächelnd, doch nicht ohne Bewegung.)
Betrachte mich, deinen Bruder, als den Engel mit dem flam-
menden Schwert —

Alfred.

Fort! Sie verlassen! Sie, die an mich glaubt —!

Emil.

Du hast ihr nichts versprochen, sagst du —

Alfred.

Nein, nein, nein, ich hab' ihr nichts versprochen...
(Die Hand am Herzen.) Aber hier! hier! — — Ich fühle
ja Alles, Alles, was du sagst, ich sag' es ja mit dir, ich soll
fort — — aber ich kann's nicht!

Emil (nach einer Weile).

Gut; entscheide dich nicht. Sag' weder Ja noch Nein;
verlange nicht mehr von dir, als du leisten kannst. Mach'
nur einen ersten Versuch, dich von ihr zu entfernen; zu
sehn, wie es dir ergeht, wenn du sie nicht siehst. And're Luft;
— zum Beispiel — —

Alfred.

Was?

Emil.

Geh' mit mir nach Pompeji! — Ich war noch nicht dort; du so lange; (mit herzlichem Lächeln) sei mein Führer, Alfred. Oder gilt auch für mich, was du zu diesem Doctor Clinton sagtest —

Alfred.

Für meinen Bruder? — Emil! — Wie gern — — (Wieder unruhig.) Du meinst, heute noch —?

Emil.

Heute noch; natürlich. Meine Zeit ist kurz. Heute Abend begleitest du mich nach Neapel; da sind wir wieder mitten in der Welt — da kommt dir vielleicht — — (Bricht ab.) Also — willst du, Alfred?

Alfred.

O ich will; gewiß. Ich will heute deinen Willen für den meinen nehmen... Nach Pompeji; ja wohl!

Emil.

Wir beide allein —

Alfred.

Natürlich. (In plötzlicher Unruhe.) Dann aber fort! gleich fort!

Emil.

Gewiß. Ich nehme nur meine Tasche, bringe sie in Ordnung; das ist ein Augenblick. Auch für dich — für die Nacht in Neapel — werd' ich das Nöthige mitnehmen. (Alfred nickt.) Ich bin gleich wieder da! (Steigt die Treppe rechts hinauf; in's Haus.)

Alfred.

Nun ja, was ist's weiter; nach Pompeji, nach Neapel — auf zwei Tage fort. — Und doch liegt es mir so schwer, so hart auf der Brust — als hätt' ich schlechte Gedanken... (Tritt an den Tisch, gießt ein Glas Wein hinunter. Erschrickt dann; für sich.) Assunta!

Achter Auftritt.

Alfred; Assunta. Später **Emil.**

Assunta
(kommt von rechts; lächelnd).

So gut es ging, habe ich getröstet. — Was ist Ihnen?

Alfred.

Mir?

Assunta.

Wem sonst?

Alfred.

Ich wüßte nicht... Ein Glas Wein habe ich getrunken.
(Etwas gezwungen harmlos.) Doctor Clinton ist nach Pompeji; —
wir fahren auch. (Nach dem Hause rechts deutend.) Er hatte hier
schon keine Ruhe mehr. Wir müssen gleich fort!

Assunta (fröhlich).
Und Sie nehmen mich mit?

Alfred (verwirrt).
Nach Pompeji?

Assunta.
Ja. Sie hatten mir's ja versprochen —

Alfred.
Freilich; — gewiß. — Ein andermal ganz gewiß —

Assunta.
Heute also nicht?

Alfred.

Verzeihen Sie, Assunta. Ich glaube — — vielleicht
wäre es meinem Bruder nicht — — wie er einmal ist —

Assunta (befremdet).

Neulich — an jenem Abend — haben Sie mir das
Gegentheil gesagt. Auch meinem Bruder wird es interessant
sein, sagten Sie — wird ihm Freude machen —

Alfred (sucht zu lächeln).

Mit einer schönen Italienerin — — Ja, ich weiß. Ich dachte nur... Ich möchte mit Ihnen gern ein andermal — ich mit Ihnen allein —!

Assunta (beleidigt, stolz).

Ich danke Ihnen, Don Alfredo. Ich aber wünsche mich gar nicht vor den Menschen zu verstecken; im Gegentheil —! (Sucht sich zu fassen.) Es ist gut. Ich glaube, Ihr Bruder will lieber nur mit Ihnen, ohne mich, nach Pompeji gehn; — das ist ganz natürlich. Warum sagen Sie das nicht ohne Weiteres? Viel Vergnügen! (Will gehen, ihrem Hause zu.)

Alfred.

Da wir nämlich von Pompeji weiter nach Neapel wollen —

Assunta.

Ah! — — Warum sagten Sie das nicht gleich? — Glückliche Reise also! (Geht.)

Alfred (erregt).

Assunta! (Sie bleibt stehen.) Sie sind gekränkt, beleidigt — (Sie schüttelt den Kopf.) Doch. — — Wenn Sie wüßten, wie -- — (Bricht ab.) Lassen Sie mich nicht so fortgehn, ohne einen freundlichen Blick. Quälen Sie mich nicht... Es ist mir so ein — sonderbares Gefühl, von Ihnen zu gehn —

Assunta.

Sie werden ja wiederkommen —

Alfred.

O gewiß! Gewiß!

Assunta.

Warum betheuern Sie das so? — Ich verstehe Sie nicht. Ihr Bruder ist da, Sie wollen ihn begleiten; das ist ja natürlich. Und nach einigen Tagen werden Sie wieder-kommen —

Alfred
(blickt sie voll Liebe an; eine Hand an's Herz legend).

Ja — zu Ihnen — gewiß! (Sieht Emil auf der Treppe; verwirrt sich. Mit unsicherer, leiser Stimme.) Zweifeln — Sie

3 *

nicht... Glauben Sie, Assunta — — Und nun leben Sie wohl!

Assunta (wieder befremdet).

Sie auch, Don Alfredo...

Emil
(kommt zurück, eine elegante Reisetasche über die Schulter gehängt, zwei leichte Ueberzieher auf den Arm gelegt).

Wir sind reisefertig. (Zu Assunta.) Mein Bruder hat Ihnen gesagt —

Assunta.

Alles.

Emil.

Ich verlasse Ihr schönes Capri leider schon so bald; und nur so kurze Zeit hatte ich das Vergnügen, Sie zu sehen, Frau — Leoni... Ich hoffe, ein andermal —

Assunta.

Ich hoffe!

Emil.

Auf Wiedersehen also — (Nimmt Alfreds Arm, zieht ihn mit fort.)

Assunta.

Auf Wiedersehen!

Alfred.

Ja, ja; wie mein Bruder sagt. (Lächelnd.) Also über=morgen!

Assunta.

Ja, ja! (Die Beiden ab.)

Neunter Auftritt.

Assunta allein; dann **Bruger.**

Assunta
(nach einer Stille).

Ohne mich. — — „Zweifeln Sie nicht; glauben Sie, Assunta"... Was soll ich glauben? Woran soll ich nicht zweifeln? — Wie sah er aus, als er mir das sagte? — — Heilige Maria, was ist denn geschehn?

Fruger (von links; eilig).

Beste Donna Assunta — Sie sind also wieder hier... Das ist gut!

Assunta.

Warum?

Fruger (hastig).

Ihre Herren, die mir eben begegneten, wollen nach Pompeji..... Ich auch. Doctor Clinton hat mich eingeladen; (stolz) ich bin sein Gast, ich soll ihm und ein paar schönen Engländerinnen oder Schwedinnen Gesellschaft leisten —

Assunta (aufhorchend).

Ah! — — Und — und alle die Herren werden mit einander — —

Fruger.

Wahrscheinlich ... Ich weiß nicht. Es eilt; ich muß ihnen nach! Wie eine Eidechse stürze ich den kürzesten Weg zur Marine hinunter... (Eine Schachtel hervorziehend.) Haben Sie die Güte, trefflichste Assunta, geben Sie das meiner Frau; 's ist vom Apotheker —

Assunta.

Schon gut. Soll geschehn.

Fruger.

Tante grazie! — Und sagen Sie ihr nichts von den schönen Damen ... (Schiebt seinen Hut weit zurück; gibt ihm einen Druck.) Gotte helfe unserer Katze. Nach Pompeji! Mit schönen Schwedinnen... Ich bin wieder glücklich! (Eilt hinaus.)

Assunta (verstört).

Wär' es das? — Diese schönen Damen — — Darum ohne mich? Darum so verwirrt? — — Und während ich Tag und Nacht an nichts, nichts mehr denke, als an ihn; — und nach diesem Abend da oben — — (Eine Weile stumm; mit einem langsam entstehenden Entschluß, die Lippe beißend.) Ihre deutschen Frauen, Don Alfredo, würden vielleicht geduldig erwarten, was Sie im Sinne haben ... Ich nicht. (Zieht sich das Kopftuch herunter.) In meinen schwarzen Schleier werd' ich mich vermummen — Niemand soll mich kennen! Und ich werde — — ich werde nicht ruhen, bis ich weiß — bis ich weiß — (wild auffahrend) und dann —! (Legt die Hände auf die Brust.) O ruhig! Ruhig! (Ruft, ihrem Hause zugehend.) Tere'a! — Teresa!

Stimme (aus dem Hause).

Signora!

Der Vorhang fällt.

Zweiter Aufzug.

In Pompeji.

Der heilige Bezirk oder Hof des Isistempels, links und hinten durch Mauern abgeschlossen. Vor der hinteren Mauer in der Mitte die wohlerhaltene Ruine des Tempels, zu dem man auf acht Stufen hinaufsteigt. Vorne links ein vollständig erhaltenes Tempelhäuschen, nach rechts hin offen; davor, ein wenig nach rückwärts, ein Altar im Freien. Rechts, von vorne nach hinten, eine Reihe halbzerstörter Säulen. (Das Ganze ist nach Photographien leicht und echt herzustellen.) Drei Eingänge: vorne rechts, hinten links und vorne links.

Erster Auftritt.

Clinton, Bruger, Baronin Borgholm, Miß Clinton (kommen von vorne rechts). Später ein Aufseher.

Bruger
(zur Baronin, mühsam und mit schlechter Aussprache).

Vous avez raison, madame; car je pense — je pense — (Stockt.)

Clinton.

Quälen Sie sich doch nicht immer wieder mit dem Französischen, Bruger. Die Frau Baronin versteht zwar kein Englisch, aber Deutsch recht gut.

Baronin (nickt; spricht gebrochen).

Sprechen nicht, aber verstehen —

Clinton.

Dies ist nun also der Tempel der Isis, meine Damen. Sie sehen, der hat sich besser conservirt als die andern Tempel von Pompeji —

Baronin.

Oui! C'est joli!

Miß Clinton (nicht mehr jung).

Charming, indeed!

Clinton
(blickt gen Himmel und seufzt; dann, gleichsam resignirt).

Charming, indeed! — — Wir kommen hier in einen von den merkwürdigsten Theilen von Pompeji —

Miß Clinton (mit englischem Accent).

Ausgegraben — jetzt?

Clinton.

Nein. Schon lange. — Diese Isis war im Alterthum eine sehr beliebte Göttin —

Kruger
(auf das Tempelhäuschen vorne links deutend).

Und nun sehen Sie gefälligst diese famose alte Capelle, Miß Clinton; wunderbar erhalten! Wenn Sie die Gewogen=heit haben, hineinzugehen, so finden Sie hinten einen unter=irdischen Gang, der von da in den Tempel führt —

Clinton.

Unsinn! Alte Fabel! Es geht da nur eine Treppe zu einem untererdigen Brunnen; war ein heiliger Brunnen, für die Isispriester!

Aufseher
(in Uniform, kommt von rechts, geht langsam, zuweilen stehen bleibend, nach hinten links, wo er dann verschwindet).

Baronin (halblaut).

Schon wieder ein and'res Custode — Aufseher. — Il y en a mille, je crois!

Clinton (lächelt).

Sie brauchen nicht leise zu sprechen, Baronin; er ver=steht Sie nicht. Oder es müßte der eine Sicilianer sein, der deutsch spricht... (Zu dem Aufseher, der noch hinten links steht.) Tedesco?

Aufseher.

No, signor.

Clinton.

Grazie!

Aufseher (lächelt).

Niente! (Geht ab.)

Clinton.

Er versteht kein Deutsch. — — Diese braven Leute, die
an Wochentagen mit den Fremden als Führer herumgehen,
werden am Sonntag in ganz Pompeji vertheilt; jeder bekommt
seinen kleinen Bezirk, den er bewachen muß; und er spaziert
darin hin und her vom Morgen bis zum Abend. (Lächelnd.)
Ja, meine Damen, das sind die einzigen Bewohner von
Pompeji: die Aufseher und die Eidechsen!

Pruger.

Sie müssen nun aber nämlich wissen, meine Damen:
neben diesem Isistempel, der (nach rechts deutend) da an der
Straße lag — wo er ja auch noch liegt — neben diesem
famosen kleinen Tempel befanden sich nun lauter alte Pracht=
gebäude, (nach hinten, nach vorn und nach links deutend) da, da
und da! Tempel, Schulen, Theater —

Miß Clinton.

Oh! Theater!

Pruger.

Ja wohl; alle beide; das kleine und das große! (Nach)
links deutend.) Das große hier nebenan! Wenn Sie nachher die
Gewogenheit haben werden, da hinauszutreten, so werden Sie
oben über den obersten Stufen des Theaters stehn; ein colossaler
Moment! Und nun denken Sie: vor zweitausend Jahren, wie
Einem da wohl zu Muth war, wenn man in diesem Tempel=
hof stand, und der Weihrauch qualmte, und zugleich da über
die Mauer herüber die feierlichen Reden der Schauspieler er=
tönten; (auf die Tempeltreppe steigend) wenn in Seneca's Tra=
gödie „Medea" die finstere, furchtbare, rachebrütende Heldin
auf die Scene trat und unter dem offenen Himmel, der sich
über ihr wölbte, in die Worte ausbrach: (nimmt eine pathe=
tische Stellung an) „O Götter, Götter" —! (Verstummt.)

Clinton.

Nun?

Bruger (etwas gedrückt).

Weiter weiß ich's nicht mehr. Hab's vergessen.

Clinton.

Glauben Sie ihm nicht, meine Damen, daß man das hier hörte. Der Schall kam nicht mehr über die Mauer weg —

Bruger.

Was! Sie glauben es nicht? (Eifernd.) Ich will's Ihnen beweisen, Doctor... Bleiben Sie gefälligst hier, meine Herr=schaften; ich stürze mich in den Trichter des alten Theaters hinunter, trete auf die Bühne, und Sie werden dann hören, ob Sie hören oder nicht!

Clinton.

Nur zu! (Bruger hinten links ab.) Wir könnten uns unterdessen auf die Stufen setzen; nach dem langen Umher= ziehen .. 's war ein warmer Tag.

Saronia
(nickt, seufzt ein wenig).

Très-chaud!

Miß Clinton.

Very hot, indeed! (Setzen sich auf die Tempelstufen.)

Clinton.

Wenn Sie mir jetzt noch einmal von Ihren Orangen anbieten wollten, so wäre ich kein Unmensch —

Saronia.

Bitte! (Oeffnet ein Täschchen, das ihr an der Seite hängt.)

Clinton (nimmt).

Danke! (Auch die Damen nehmen Orangen, fangen an abzu= schälen und zu essen.) Es ist eine wundervolle Sache, in dieser todten Stadt eine lebendige Orange zu essen — (für sich) und wenn ich hier mit Assunta säße, wäre ich sehr glücklich!

Zweiter Auftritt.

Die Vorigen. (Bruger hinter der Scene.) Landvolk, der Aufseher.

(Landleute, Männer, Frauen und Mädchen, in landesüblicher Tracht, kommen von rechts; blicken zum Theil neugierig, zum Theil stumpfsinnig umher; die Jüngeren flüstern, kichern; so allmählich schieben sie sich weiter, nach hinten links, wo sie abgehen. Der Aufseher, vorne links zurückkommend, geht ihnen langsam nach.)

Miß Clinton.

O look there!

Clinton.

Sonntagsgäste.

Baronin (halb fragend).

Entrée libre?

Clinton.

Yes.

Bruger
(hinter der Scene links; wie aus der Ferne).

Vorhang auf! Ho!

Clinton.

Was ist das?

Baronin.

Monsieur Bruger!

Miß Clinton.

Yes.

Bruger
(wie vorhin, pathetisch).

„Heraus in eure Schatten, rege Wipfel" —

Clinton.

Er hat Recht! Man hört's!

Bruger (fortfahrend).

„Des alten, heil'gen, dichtbelaubten Haines,
„Tret' ich heraus mit schauderndem Gefühl" —

Baronin.

Ah! Schiller!

Clinton.

Goethe.

Pruger.

„Tret' ich heraus mit schauderndem Gefühl" —

Baronin (nach einer Pause).

Er hört auf.

Clinton.

Weiter weiß er's nicht.

Pruger.

„Es gibt im Menschenleben Augenblicke,
„Wo man dem Weltgeist näher ist als sonst" —

Baronin.

Vous avez raison! Goethe!

Clinton (lächelnd).

Jetzt Schiller.

Pruger.

„Wo man dem Weltgeist näher ist als sonst,
„Und eine Frage frei hat an das Schicksal" —

Miß Clinton (nach einer Pause).

Oh, weiter!

Clinton.

Weiter weiß er's nicht. — — Aber er hat Recht!
(Laut.) Bravo! (Klatscht; steht auf.) Wollen die Damen nun noch
einen Blick in den Tempel werfen? (Sie schauen ihn lächelnd an,
bleiben sitzen.) Sie sind schon müde, merk' ich. — Ich werde
es also für uns Alle thun; — 's ist mein Liebchenstempel
— (das Wort suchend) Lieblingstempel, mein' ich. (Die Stufen
hinaufsteigend, für sich.) Liebchen... O Assunta! (Wirft einen tragi-
komischen Blick auf die Damen zurück. Tritt in den offenen Tempel
ein, wird unsichtbar.)

Baronin (essend).

Diese Ruinen fatiguiren sehr —

Miß Clinton.

Yes, Madam! (Ißt.)

Dritter Auftritt.

**Baronin Borgholm, Miß Clinton, Affunta. Dann Doctor Krause,
Hannchen, Clinton.**

Affunta

(kommt von rechts, in ein langes schwarzes Schleiertuch gehüllt, so
daß es über ihren Kopf — und, sobald sie will, über ihr Gesicht —
und die halbe Gestalt fällt. Blickt unruhig und scheu umher. Für sich).

Hier auch nicht. — Ich seh' ihn nirgends. — Wie viele
Straßen und Häuser! Alle Häuser offen; Alles leer und still.
Wie verzaubert ist Alles; und ich gehe allein herum — so
einsam, so verlassen — und verstehe nichts. Es wird mir so
schauerlich in dieser todten Stadt; wär' ich wieder fort!
(Thut einige Schritte, blickt Alles an, doch mit ruhelosen, verwilderten
Augen.)

Doctor Krause

(kommt mit Hannchen, seiner Frau, von rechts; Krause mit Brille,
Opernglas, Bädeker, Plaid, Schirm; immer lebhaft, laut und bestimmt).

Nun kommen wir also zum Isistempel; (überlegen lächelnd)
der ist auch nicht übel. Ich habe dir gesagt, Hannchen, wer
Isis war; sie war — — (Erwartet ihre Antwort.)

Hannchen

(abgespannt, müde, sanft).

Es ist mir jetzt nicht gegenwärtig, Friz.

Krause.

Ursprünglich eine ägyptische Göttin; — hör' immer ge=
nau zu, Hannchen, wenn ich dir was sage. Die Priester der
Isis waren schlaue Leute, wußten das liebe Publicum trefflich
anzulocken: durch Hymnengesang, Flöten= und Cymbelnspiel,
Weihrauchduft, Beten und Opfern, Beichten und Büßungen;
(überlegen lächelnd) tout comme chez nous! — Sieh' einmal
dieses Häuschen, dieses Capellchen an; — siehst du es mit
vollem Interesse an? (Sie nickt.) Gut. Das war nämlich eine
ganz besondere Spitzbüberei dieser Isispriester: die guten
Leutchen, die hieherkamen, um sich wahrsagen zu lassen,
wurden zuerst in dieser Capelle ausgefragt, dann in den
Tempel geschickt; während sie hinaufgingen, lief der wackere

Priester, der sie ausgefragt hatte, durch einen geheimen Gang, der von der Capelle unter der Erde bis zu dem Götterbild im Tempel führte, und unterrichtete den andern Priester, der zum Wahrsagen da war... Hast du verstanden?

Hannchen
(den müde gesunkenen Kopf aufrichtend).

Ja.

Krause.

Wirf 'mal einen Blick in die Capelle hinein. (Sie tritt hinein.) Genug. (Sie kommt zurück.) Jetzt zu den Theatern. — — Nicht wahr, Pompeji macht dir einen großen Eindruck?

Hannchen
(mit ihrer Ermattung kämpfend).

O gewiß!

Krause.

Einen merkwürdigen, tiefen Eindruck?

Hannchen.

Sehr.

Krause.

Bist du glücklich?

Hannchen.

Ja.

Krause.

Dann weiter! (Gibt ihr einen Kuß; führt sie dann nach hinten. Zu den Damen, die auf den Stufen sitzen.) Bitte um Entschul=digung! (Die Damen machen Platz, Krause steigt mit Hannchen hin=auf; blickt dann umher und in den Plan von Pompeji in seinem geöffneten Bädeker.) Nein, ich hab' mich geirrt. — Bitte um Entschuldigung! (Wieder an den Damen vorbei und mit Hannchen hinten links ab.)

Assunta
(hatte mit Interesse zugehört; für sich).

Also Betrug und Täuschung... Ach! Die armen Frauen von damals!

Clinton
(ist wieder sichtbar geworden, oben über den Stufen).

Wie der Mann schwabronirt. — Der geheime Gang! Unsinn!

Afnula
(ist vorne links zu dem Tempelhäuschen getreten; erschrickt; für sich).

Doctor Clinton! — Fort, fort! (Hüllt sich tiefer ein.) Das also sind seine Damen... Schön sind sie nicht! (Vorne links ab.)

Baronin
(ist aufgestanden; Miß Clinton gleichfalls).

Mais, mon cher docteur — wir sollten wohl weiter= gehn —

Clinton.
Wie Sie wünschen. (Resignirt.) Nur zu! (Für sich.) Wär' ich nur meine Damen eine Weile los ..

Vierter Auftritt.

Clinton, Baronin, Miß Clinton; Bruger.

Bruger (kommt von hinten links).

Nun, Doctor, hatt' ich Recht?

Clinton.

Sie hatten Recht, allerdings. (Lächelt schlau für sich; dann, laut.) Lieber Bruger!

Bruger (nähert sich).

Doctor?

Clinton
(während die Damen den Altar neben dem Tempelhäuschen betrachten, auf die Stufe davor treten und Bewegungen wie Opfernde machen; leise).

Thun Sie mir einen Gefallen, Bruger. Führen Sie jetzt die Damen; ich — möcht' ein wenig ausruhen!

Bruger (leise).

Wie Sie wünschen, Doctor. — Erlauben Sie mir nur die Bemerkung: (seitwärts auf die Damen blickend) ich hatte sie mir schöner gedacht! (Sich verbessernd.) Ich meine die Baronin!

Clinton (lächelt; dann laut).

Herr Bruger läßt es sich nicht nehmen, meine Damen, Ihr — (mühsam) Cicerone in den Theatern und im Hof der Gladiatoren zu sein. Ich hätte hier noch einige gelehrte Studien zu machen... (Auf seine Uhr sehend.) Unsere Zeit ist kurz; um sechs wird geschlossen. Bei der berühmten Aussichtsbank da oben hinter dem Theater sehen wir uns wieder; da haben Sie jetzt die göttlichste Illumination — — Beleuchtung, mein' ich —

Baronin.

Aussicht — eine Bank — tant mieux!

Bruger (resignirt, aufforbernd).

Meine Damen —!

Baronin (geht).

Au revoir!

Clinton.

A rivederci! (Bruger mit den Damen hinten links ab. Clinton dehnt sich behaglich.) Ah! — Gott sei Dank! (Setzt sich auf die Treppe.) Jetzt wird ihnen Bruger voll Begeisterung das Theater zeigen —

Baronin (hinter der Scene).

Oh! C'est joli!

Miß Clinton (desgleichen).

Charming, indeed!

Clinton (lacht).

Da hat er's!

Fünfter Auftritt.

Clinton, Assunta. (Später **Alfred** und **Bruger** hinter der Scene; der **Aufseher**.)

Assunta

(von vorne links; für sich).

Wie tief man da hinabblickt in dieses wüste, leere, todte Theater; — Alles, Alles todt. — Ich find' ihn nicht... (Umherblickend.) Wo bin ich hier? — War ich nicht schon hier? — Ja, ja .. (Sieht Clinton; er sie. Er springt auf. Sie stößt einen kurzen Laut der Ueberraschung aus; will schnell ihr Gesicht verhüllen, sieht, daß es zu spät ist, läßt die Hand wieder sinken, steht verlegen da.)

Clinton.

Assunta! — — Donna Assunta, Sie hier?

Assunta.

Nicht wahr, das — überrascht Sie. Ich bin — mit einer Freundin hier; hab' sie verloren — suche sie —

Clinton.

Also Sie sind nicht mit Herrn von Buchau hier?

Assunta.

Ich? O nein. Wie sollt' ich —?

Clinton.

Sie sagten mir gestern — als Sie meine Einladung ausschlugen — Herr von Buchau habe es schon mit Ihnen abgeredet —

Assunta.

Ja so. — Verzeihen Sie: ich bin etwas verwirrt. Durch das Suchen — die Unruhe... Addio! (Geht.)

Clinton (ritterlich).

Erlauben Sie, daß ich Sie begleite, Ihnen suchen helfe —

Assunta (hastig).

Danke, danke. O nein! — Mir fällt jetzt ein: meine Freundin wollte mich hier, hier wiederfinden —

4

Clinton (gemüthlich lächelnd).

Erlauben Sie mir, Ihnen zu sagen: Sie sind wirklich etwas verwirrt! — Gut, so bleiben wir hier. (Sie blickt ihn geängstigt, aber hilflos an.) Vor dem Isistempel — in Pompeji — — Wie hatt' ich mir das gewünscht, Sie einmal hier zu sehn. So eine echte alte Römerin — oder Griechin —

Assunta.

O, wär' ich nur wieder fort! In Capri — in meinem Haus!

Clinton (harmlos lächelnd).

Nun, das muß wahr sein: von Capri sind Sie gewiß. Ja, ja, ja, man sagt es den Frauen von Capri nach: sobald sie den rechten Fuß in die Welt hinaussetzen, marschirt der linke schon wieder nach Capri zurück!

Assunta
(sucht ebenfalls zu lächeln).

Ja, man sagt wohl so. — Man sagt Manches, Herr Doctor, was nicht immer wahr ist... So sagen und schreiben auch die Fremden, die aus dem Norden kommen: hütet euch vor den Italienerinnen, die sind lebhafter, heißblütiger (das Wort suchend) und ober — — oberflächlicher und herzloser als die nordischen Frauen! (Ernsthaft, vor sich hinstarrend.) Und es ist doch wohl nicht immer richtig, Herr; es gibt auch bei uns Stille — Verschlossene — Tiefe — — (Verstummt.)

Clinton
(der sie in heimlicher Bewegung betrachtet).

Ich habe nie daran gezweifelt, Donna Assunta. Denn seit ich die Ehre habe, Sie zu kennen — — (Bricht ab. Wieder lächelnd, doch sie beobachtend, in der Absicht, sie auszuforschen.) Aber mit Capri ist es doch wohl richtig: Ihr linker Fuß wollte vorhin auch schon zurück. Nicht wahr, man kann nur in Capri leben —

Assunta
(auf der rechten Treppenwange niedersitzend; Clinton desgleichen auf der linken).

Das weiß ich nicht; g'aub' ich nicht; hab' ich auch nie gesagt. Es mag wohl recht schön sein in der Welt da draußen...

Aber „die Welt"! „die Welt"! was ist das? Die Welt ist doch wohl in den Menschen, die uns Gutes wollen — die uns gut sind, mein' ich — und denen wir gut sind —

Clinton.

Ja, ja. — Aber in Capri finden Sie's doch am aller-schönsten —

Assunta.

Warum sollt' ich nicht? Sagen nicht auch die Fremden, die zu uns kommen: 's ist ein Paradies!? Hat mir nicht mein Mann hundertmal gesagt: „Von unserm Dach seh' ich so viel von der Welt, als ich brauche; und unter dem Dach hab' ich, was ich brauche"... Und so ist es geblieben bis an seinen Tod! (In eine Erinnerung versinkend.) Als ich aber noch Mädchen war — und mein Vater noch lebte — einer von den Korallen-fischern drüben in Anacapri (Clinton nickt); er fischte zwischen Sicilien und Afrika —

Clinton.

Ich weiß!

Assunta.

Da kam eines Tages ein Schiffer mit der Botschaft: der Vater ist sterbenskrank, und er liegt in Tunis! Denselben Nachmittag fuhr ich mit dem Dampfer, der über Cagliari nach Tunis geht, zu ihm an sein Bett. In einer elenden Herberge lag der arme Mann; böses Ungeziefer, böse, tückische Leute; in einer Gasse, so schmutzig, wie Sie in ganz Neapel keine finden; — und die garstigen, frechen Augen dieser Afrikaner, die mir ohne Worte immer ins Gesicht sagten: nun, du junges Ding du — — Sie versteh'n schon, Herr! — — Aber ich liebte meinen Vater mehr als alle Menschen; und er lächelte so glücklich, über sein blasses Gesicht, wenn ich an seinem Bett saß; er und ich allein. Da hab' ich dann oft gedacht: das ist kein „Paradies", eine Hölle ist das; aber mein Gott und all' ihr Heiligen, laßt mich hier so bleiben, immer, immer fort, wenn nur auch mein Vater bleibt, wenn ich ihn behalte!

Clinton (sehr gerührt).

Hm! — Ja, ja. — Das wußt' ich ja: Sie sind gut. — — Aber Sie behielten ihn nicht... (Sie schüttelt den Kopf.) „Eine Hölle"... Nun ja: weil Sie ihn sehr lieb hatten — — (Verstummt.)

Assunta
(ernsthaft lächelnd, ohne aufzublicken).

Also ich konnte doch auch ohne Capri leben; der linke Fuß zuckte nicht zurück. (Die Augen schließend.) Wenn unten an der Marine von Capri morgen früh ein Schiff hielte — und es wartete auf mich, um mich mitzunehmen, in die weite Welt — und es wäre Alles darin, was ich lieb hätte — (murmelnd) was ich wirklich lieb hätte —

Clinton.

Sie stiegen ein?

Assunta.

O ja!

Clinton (bewegt).

Assunta! Liebste Assunta!

Assunta
(erschrickt; öffnet die Augen).

Was wollen Sie —?

Clinton.

Ich — — ich bin Ihnen sehr gut. Wenn nun an der Marine von Capri das Schiff des Doctor Clinton hielte —

Assunta (steht auf).

Heilige Maria!

Clinton.

Erschrecken Sie nicht... Ich hab' bisher nicht den Muth gehabt; weiß Gott, wie ich nun auf einmal in diesem alten Pompeji — vor dem Tempel da — (Immer mit Anstrengung.) Sehen Sie, ich bin ein alter Junggesell' — hab immer ohne die Frauen leben können — für die romantische, stürmische Liebe bin ich nicht geschaffen... Aber Sie — Sie sind mir nun schon lange durch den Kopf gegangen; Ihr gutes, sehr gutes Herz, liebe Donna Assunta — — und Ihre merkwürdige Schönheit —

Assunta.

Lieber Herr Doctor! Lassen Sie mich fort!

Clinter.

Ist Ihnen meine Bemühung — meine Bewerbung, mein' ich — so zuwider? (Sie verneint mit lebhaften Geberden.) Oder ist ein Andrer mir zuvorgekommen — haben Sie Ihr Herz schon — —

Assunta (nach Fassung ringend).

Nein, nein. Wie sollt' ich — —

Clinton.

Sie sind frei, Donna Assunta?

Assunta.

Was Sie Alles fragen. Sie hören ja... Aber warum quälen Sie mich so, daß ich geradezu sagen muß —

Clinton.

Nein, wollen Sie sagen... (treuherzig) Sagen Sie's noch nicht! — Sie waren immer gut gegen mich; lernen Sie mich nun erst noch etwas besser kennen — (mit plötzlichem Einfall) reisen Sie mit meiner Schwester und mir in die Welt hinaus — noch zu nichts verpflichtet — vielleicht gefällt Ihnen dann die Welt — (lächelnd) und auch Doctor Clinton! - Wenn er Ihnen gefällt, so machen wir dann aus Capri unser Kopfquartier — unser Hauptquartier — und dampfen von Zeit zu Zeit in die Welt hinaus —

Assunta.

Ach, hören Sie auf!

Clinton (treuherzig sachlich).

Geld hab' ich ja mehr, als wir brauchen -

Alfred

(hinter der Scene links, wie aus der Ferne, mit feierlich traurig ernster
Stimme).

        So scheid' ich denn
Und grüße noch das Land. Leb' wohl, mein Fels,
Du Höhle, die mich treu geschirmt!

Clinton

(ist verstummt, hat gehorcht: dann zu Assunta, die nach den ersten
Worten zusammengefahren ist und schwer athmend, auf der Treppe
horchend, nach Fassung ringt).

Es declamirt wieder Jemand im Theater —

        Assunta (für sich).

Alfred —!

      Alfred (wie vorhin).

        Ihr Nymphen
Der Au'n und Bäche — und du wilde Brandung
Am Klippenstrand,
Wo mir so oft der wogenpeitschende Süd
Mein Haupt benetzt in der hohlen Kluft!

      Clinton.

Das ist Herr von Buchau; wahrhaftig. (Horcht nach links
gewendet, so daß er Assunta's heftige Erregung nicht bemerkt.) Der
kann's besser als Bruger —

      Alfred.

      O mein umflutet Lemnos,
Leb' wohl! Und sende mich auf guter Fahrt,
Wohin das große Schicksal mich beruft,
Und dieses Freundes Stimme, und die Gottheit,
Die allgewalt'ge, die mir dies verhängt!

      Clinton.

Hm! Schöne Verse... Ich kenne diese Dichtung nicht.
(Sich wieder zu Assunta wendend.) Aber die Declamation da hat
uns unterbrochen —

      Assunta

(kaum fähig zu reden, mit mattem Lächeln).

Es ist gut so. Gut so. Lassen wir es jetzt —!

Clinton.

Wollte nur noch sagen —

Assunta.

Jetzt nicht. Ich beschwöre Sie... Hörten Sie denn nicht? Es sind Menschen da ... (Der Aufseher kommt von vorne links. Assunta leiser.) Und dort — sehen Sie —!

Clinton (resignirt).

Gut: wie Sie befehlen. — Wollte nur noch sagen: (lächelnd) Sie können kein Englisch, und ich leider nicht viel Italienisch; aber in der deutschen Sprache verstehen wir uns ja —

Assunta (geängstigt, flehend).

Gehen Sie jetzt!

Kruger
(hinter der Scene, hinten links).

Doctor Clinton!

Clinton (seufzt; ruft).

Ich komme! (Der Aufseher geht langsam ab, nach rechts.) Wenn Sie mich nur nicht ganz und für immer — —

Kruger (wie vorh'n).

Doctor!

Assunta.

Man ruft Sie ja. — Auf Wiedersehen in Capri —

Clinton.

Ja, auf Wiedersehen. — Ich verehre Sie ja von ganzem Herzen..... Addio! (Rasch nach hinten links ab.)

Sechster Auftritt.

Assunta; dann Alfred, Emil. Später der Aufseher.

Assunta.

Guter, guter Doctor! Gut meint er's... (Beide Hände am Herzen.) Aber was ist geschehn? „O mein umflutet Lemnos, lebe wohl" — — Sagte er nicht so? (Angstvoll.) Was denkt er? Was will er? (Horcht.) Schritte. Man kommt. Kommt er? (Nickt.) Seine Stimme hör' ich... (Blickt umher.) Wohin? — — Eine Treppe, sagten sie, führt dort in die Erde —

Alfred (noch draußen).

Hier durch die Mauer, Emil!

Assunta.

Er kommt! (In das Tempelhäuschen hinein.)

Alfred
(kommt von vorne links, am Tempelhäuschen vorbei; Emil folgt).

Wunderbar schallt noch die Menschenstimme in dem alten Theater, nicht wahr... Schau hier um dich, Emil.

Emil (für sich).

Wie erregt er ist. (Laut, scheinbar harmlos.) Was waren das für Verse, die du da unten sprachst?

Alfred.

Aus dem „Philoktet" des Sophokles. — Einer meiner Lieblinge. — Mich verfolgten die Worte schon seit einer Stunde; (die Stimme dämpfend) wunderbar passen sie auf mich... (Vor sich hin.) „Wohin das große Schicksal mich beruft" —

Emil.

„Und dieses Freundes Stimme"... Heißt es so?

Alfred.

Ja, ja. — — Also der Isistempel; schau' ihn dir noch an. Sie schließen bald; es will Abend werden. (In noch verhaltener Erregung.) In den Nischen da oben standen Weihebilder; Osiris und Horus, sagt man. Statuen, Statuen überall... Für Bildhauer, Emil, waren's gute Zeiten! — Es war schon der Verfall der Kunst, sagen die Gelehrten; aber wenn man hier umherschaut — in heiliger Bescheidenheit, wie sich's für uns gebührt — — Emil! Ich sage dir, es waren noch Leute, daß man staunen muß; Alles wollten sie, Alles konnten sie; und Begeisterung, Ehrgeiz, Wonne, was zu schaffen — und das ganze Herz, Alles für die Kunst! Und wenn man nun, wie ich, (nach hinten deutend) da drüben über dem Meer, auf dem „umfluteten Lemnos" — ober Capri — nur geträumt, genoffen, das liebe Herzchen gepflegt und gestreichelt hat — und für ein paar schöne Augen und ein gutes Herz sich ein= spinnen, sich zusammenziehen, sich verlieren wollte — — (Plötzlich.) Nein, nein, nein! Ich will's nicht. Ich hab' hier mit mir gerungen, eine Stunde lang... Bruder! Du haft Recht! Ich will meine Augen und mein Herz zusammendrücken — mein „Paradies" vergessen — und dahin gehn, wo ich das werden kann, was mein Vater hoffte!

Emil.

Wenn du das über dich vermöchteft, Alfred —

Alfred.

Emil! Nur noch eine Frage — die letzte!

Emil.

Was?

Alfred.

Du bift anders als ich; du fühlft nicht, was mich quält, mir die Bruft bedrückt; aber ein Mann von Ehre bift du. Sag' mir — aber nicht aus Klugheit und so obenhin — fon= dern indem du Alles vor Augen haft, was dir heilig ift — was würdeft du thun? Wenn du einer Frau, so wie ich — vor zwei Tagen — dein volles Herz so geöffnet hätteft — einer Frau, die dich liebte; das weißt du — die nun hofft und harrt —

Emil (ruhig, in tiefem Ernft).

Wenn eine höhere Pflicht mich von ihr hinwegriefe, würd' ich fie verlaffen. — Du haft ihr dein Leben und deine Ehre nicht verpfändet —

Alfred.

Nein. (Ihn am Arm faffend.) Aber bedenke ...Würdeft du nicht verfuchen, eh' du gehft, ob es fein muß, Emil; ob diefe Frau, die dich liebt, nicht hinaufwachfen könnte bis zu deinen Pflichten — dich begreifen, dir gleichwerden — — (Emils Arm vor Bewegung schüttelnd) Auf dein heiliges Ehren= wort!

Emil.

Nein. Es ist zu gefährlich. Ein ruhiger Mensch könnte das versuchen; ein verliebter kann's nicht. Der zieht nicht hinauf, sondern sinkt hinunter. — Du bist verloren, wenn du es versuchst. Auf mein heiliges Ehrenwort, das ist meine Meinung.

Alfred
(holt tief Athem; nickt; drückt von rechts und links sich die Brust zusammen).

Dann also fort; fort. — Und nie mehr zurück. — Aber nichts mehr von Neapel — das ist noch zu nah'... Heute Nacht nach Rom!

Ifante
(unsichtbar, stößt einen Schrei aus, den sie sofort wieder unterdrückt).

Alfred (horcht).

Was war das?

Emil.

Was?

Alfred.

Ich hörte etwas. (Beunruhigt.) Eine Stimme, schien es —

Emil.

Ich hab' nichts gehört.

Alfred.

Es war, als wenn Jemand — dort in der Capelle — —

Emil.

Wer wäre denn dort in der Capelle? — Ich will zum Ueberfluß einen Blick hineinwerfen — (Tritt in die Capelle, verschwindet.)

Alfred.

Niemand dort?

Emil (kommt zurück).

Niemand.

Alfred.

Es geht da noch eine Treppe in die Tiefe —

Emil.

Die hab' ich gesehen. Sah und hörte nichts. — Eine Ohrentäuschung.

Alfred.

Mag sein. (Für sich, verstört.) Es war wohl in mir; — als hörte ich ihre klagende Stimme ... (Macht eine Bewegung, wie um etwas von sich abzuschütteln. Laut.) Also nimm mich hin; nimm mich mit: nach Rom — in die Welt!

Emil.

Komm'; sei ruhig, Mensch. Bist du erst dort, siehst du's anders an ... (Alfred nickt, wie hoffend.) Wir schreiben an diesen Bruger, wegen deiner Sachen. (Alfred nickt.) Jemand kommt. (Der Aufseher von rechts, eine Glocke in der Hand; geht langsam nach links. Emil leiser.) Dein Gesicht ist so auffallend blaß und verstört; gehn wir nicht zurück, eh' du dich beruhigt hast. Laß' uns noch auf eine Minute in den Tempel treten —

Alfred (willenlos, halblaut).

Wie du meinst. — Ja wohl. — Dann fort! (Emil nickt; führt ihn an seinem Arm die Tempelstufen hinauf. Indem sie gehen.) O Emil! — — „Und dieses Freundes Stimme — und die Gottheit, die allgewalt'ge, die mir dies verhängt!" (Sie verschwinden oben, nach links. Der Aufseher sieht ihnen gleichgiltig nach, geht dann vorne links ab.)

Siebenter Auftritt.

Assunta. Dann Emil, Alfred; der Aufseher, Fremde, Landvolk.

Assunta

(tritt nach einer Weile langsam, horchend und spähend, hervor; bleich, schwankend; hält am Altar sich aufrecht).

Ja. Sie sind fort. — „Nach Rom"... „Und nie mehr zurück." (Die erloschene Stimme etwas hebend.) Er verläßt mich! Auf ewig! (Hebt die Arme, außer sich.) O du — du — — (Sieht die Beiden wieder hervortreten, kämpft mit ihrem Schreck; wirft rasch den Schleier über ihr Gesicht und sich auf die Kniee, gegen den Altar gewandt.)

Alfred (die Stufen herabsteigend).

Jetzt bin ich ruhig, Emil; laß' uns gehn... (Stutzt.
Leiser.) Wer liegt dort?

Emil (leise).

Eine Dame, schwarz, wie in Trauer. Sonderbar: als
betete sie —

Alfred.

Vor diesem alten heidnischen Altar ... (Noch leiser.)
Weint sie?

Emil.

Ich weiß nicht. — Komm', laß' uns gehn.

Alfred.

Vielleicht könnte man — — (Bewegt.) So allein. Wenn
sie etwa Beistand — oder irgendwas — — (Tritt der ihm
abgewandten Assunta zögernd etwas näher.) Verzeihen Sie, Sig=
nora . (Sie fährt zusammen; liegt dann wieder still.) Se la signora avesse bisogno di — — (Sie schüttelt den Kopf, liegt
dann still.)

Emil (leise).

Sie will nichts. (Eine Glocke wird hinter der Scene link's
geläutet.) Was ist das?

Alfred.

Sechs Uhr. Sie schließen.

Emil.

So komm'! — Und sei ruhig, Alfred —

Alfred.

Ruhig: o ja. (Sucht ihm zuzulächeln.) Nach Rom! (Beide
rechts ab.)

Assunta
(richtet sich langsam auf; schlägt den Schleier zurück).

Leben Sie wohl, Don Alfredo. — Gute Nacht. — Geh'
es dir gut in Rom; nimm meinen Segen mit — (Wild aus=
brechend.) Treuloser! Verräther! Verräther! Ich verfluche
dich) —!

Aufseher

(erscheint wieder hinten links, seine Glocke läutend; Landvolk und Fremde
kommen von links und aus dem Tempel, gehen, zum Theil hastig,
über die Bühne und rechts ab; der Aufseher ihnen nach).

·

Assunta

(erschrickt; verstummt. Macht einige Schritte nach rechts, wie um fortzugehen. Dann, wieder allein).

Sie schließen. Sechs Uhr. Also fort... Wohin? Ihm
nach? (Wie zurückschaudernd.) Daß ich noch einmal sein Gesicht sähe,
seine Stimme hörte — — seine grausame, weiche Stimme —
die mir damals sagte: „Ohne Sie kann ich nicht mehr leben"...
(Laut schluchzend.) Lügner! Lügner! (Der Aufseher erscheint noch
einmal oben über den Tempelstufen, blickt sie verwundert an; läutet
stark. Sie schluchzt leiser weiter, bis sie es erstickt. Verhüllt ihr Gesicht
fast ganz; geht langsam nach rechts, auf den Ausgang zu. Der Aufseher, nicht mehr läutend, verschwindet. Sie wendet sich.) Der ist
fort. (Bleibt wieder stehen.) O mein Gott! Wohin? — Zu den
Menschen? In die Welt zurück? (Wieder auf die Capelle zu, in
wilder Verzweiflung.) Ich kann nicht! Ich kann nicht! Ich
kann nicht! Ich will die Welt nicht mehr sehn, ich will nicht
mehr leben; ich will hier, hier bei den Todten bleiben — der
Vesuv soll sich erbarmen, soll mich auch verschütten, bei den
Begrabenen soll er mich begraben! (Der Aufseher, draußen, schüttelt
noch einmal die Glocke; sie fährt zusammen; tritt mit einem plötzlichen
Entschluß, mit schwankenden Gliedern, in die Capelle hinein. Der Aufseher erscheint wieder vorne links; wirft einen letzten Blick umher,
geht dann resolut und vergnügt — während er früher müde und zuweilen gähnend vorbeigeschlarft — und eine italienische Melodie
pfeifend nach rechts ab. Mondlicht fällt auf den Tempel und die
Stufen. Es dämmert. Aus der Ferne, schwach, hört man noch ein
paar Glockenzeichen. Endlich tritt Assunta langsam wieder hervor.)
In der Capelle, an der dunklen Treppe, schauert mich so
sehr. — Ach, hier draußen laßt mich — — stört mich nicht;
ich will ja nichts, als hier Ruhe haben — und keinen
Lebend'gen mehr sehn! — — O wie voll süßer, seliger
Hoffnung war ich heute Morgen noch... (Legt sich die Hände
vor's Gesicht. Schluchzt. Nach einer Weile, horchend.) Alles still. —
Stiller Tempel du... O wie viele Frauen haben wohl einst
vor der Göttin dort um Trost für ihr Herz gebeten, und auf

den Stufen gekniet... (Sie sinkt, langsam niederknieend, auf die
Stufen hin.) Und es gab keinen Trost... Wie grausam ist das
Leben. (Wirft sich nieder, weinend.) Hier, hier will ich liegen; —
ach, könnt' ich einschlafen, ohne zu erwachen! (Sich halb aufrichtend, wilden Schmerz im Gesicht.) Oder — wenn nicht — dann
mich rächen, Alfred; ja, mich rächen — o du — —!
(Zusammenbrechend.) Doch lieber sterben!

Der Vorhang fällt.

Dritter Aufzug.

In Rom.

Alfreds Atelier. Sehr einfache Ausstattung. Abgüsse nach Antiken und nach der Natur. Angefangene Arbeiten, zum Theil mit nassen Tüchern verdeckt. Rohe Tische und Stühle. Eiserner Ofen. Im Hintergrunde der Eingang von einem Vorzimmer; links die offene Thür zu einem Nebenraum.

Erster Auftritt.

Fabian; dann Emil.

Fabian

(im Atelierkittel, knetet vorne rechts an einer kleinen Figur aus Thon. Nach einer Weile, etwas mißmuthig).

Das Ding wird doch wieder zu lustig. — Ich fürchte, es wird sogar wieder eine Caricatur! — Hol' mich der Teufel — immer fang' ich diese kleinen Figuren mit heiligem Ernst an, und auf einmal kommen mir die schnurrigen Ideen, und es werden Scherze. (Tragikomisch düster.) Ob wohl je noch ein ernsthafter Mensch aus mir wird? (Schlägt, ohne Heftigkeit, mit der Faust auf das Figürchen, daß es zusammensinkt.)

Emil

(ist vor den letzten Worten hinten eingetreten, in Hut und Ueberrock. Trocken).

Warten wir's noch eine Weile ab.

Fabian.

Ah! Sie sind's! — Guten Tag, Herr von Buchau.

Emil.

Guten Tag, „Nichtsnutz". — Mein Bruder ist nicht hier, hör' ich draußen.

Fabian.

Er wollte sich der Merkwürdigkeit wegen auf Piazza Barberini den Triton anschauen, der jetzt, kurz vor Mittag, noch seinen Eisrock anhat.

Emil (legt ab).

Ein merkwürdig strenger Winter. — Ihr habt gut geheizt.

Fabian
(knetet gedankenlos wieder an der zusammengeschlagenen Figur, zieht sie in die Länge).

Das müssen wir; schon der Modelle wegen.

Emil.

Kommt heute Modell?

Fabian.

Ich weiß nicht.

Emil
(seine Handschuhe ausziehend).

Nun, wie verhalten Sie sich jetzt zu den Römerinnen, Signor Fabiano? Haben Sie sich mit ihnen ausgesöhnt?

Fabian (altklug).

Nun, so einzelne Schönheiten gibt es natürlich noch in dem alten Rom da; das bestreit' ich nicht. Besonders drüben in Trastevere, da sieht man noch zuweilen colossale Nacken und junonische Gliedmaßen. Aber gegen früher ist das alles nichts mehr. Sie sterben aus!

Emil.

Sie beobachten das nun schon seit dreißig Jahren, nicht wahr?

Fabian
(das Figürchen gedankenlos wieder zusammenschlagend).

Immer werfen Sie mir meine Jugend vor.

Emil (lächelnd).

Ihre Jugend nicht!

Fabian.

Fragen Sie meinen Meister, Ihren Bruder, der es doch
wissen muß... Und jedenfalls sind diese Römerinnen mit den
classischen Nacken nicht so reizend, so liebenswürdig, so
„ach, wie wird' mir", wie die Frauen von Capri. (Das Figürchen
zu einem Klumpen rundend.) Das ist ein ganz anderer Teig...
(Seufzt vor sich hin.) O Assunta!

Emil (hat sich gesetzt).

Was murmeln Sie da?

Fabian.

Ich? Nur drei Silben. (Sie einzeln sprechend.) As—sun—ta.

Emil
(dem ein Mißgefühl über das Gesicht fliegt).

Beschäftigen Sie sich noch oft damit, diese drei Silben
auszusprechen?

Fabian.

Nicht sehr oft. Zuweilen. — Vor dem „Meister" nie.
(Lächelnd.) Er ist kein dankbares Publicum dafür. Er geht
nicht d'rauf ein, wenn ich von Capri und so weiter spreche.

Emil.

Er hat Recht; — Ihretwegen, mein' ich. (Steht auf,
geht umher, von einer Unruhe getrieben, die er zu verbergen sucht.
Scheinbar ganz harmlos.) Sagen Sie, kleiner Faulenzer (Fabian
geräth in humoristische Empörung): war Doctor Clinton hier?

Fabian.

Nein. — Ist der in Rom?

Emil.

Ich höre. — War auch Niemand statt seiner hier?

Fabian.

Eben so wenig. — Das versteh' ich übrigens nicht.
„Statt seiner" —

Emil.

Thut nichts. — 's ist schon gut. (Nach kurzem Zögern.) Schreibt Ihnen Ihr Onkel oft?

Fabian.

Bruger? — So tief sinkt er nicht, daß er Briefe schreibt. — Einmal in diesen drei Monaten hat er mir eine Post= karte geschrieben; vor acht Tagen, glaub' ich. Da liegt sie noch. (Nimmt sie vom Tisch, hält sie Emil hin.) Ganz mein Onkel. Wollen Sie sie lesen?

Emil
(scheinbar gleichgiltig, liest).

„Gegeben auf dem göttlichen Capri, am vorletzten December. In der Hoffnung, Schlingel, daß du deinem edlen Meister, der Kunst und mir Ehre machst, gebe ich dir meinen Segen; wo nicht, meinen Fluch. Unsre Katze starb gleich nach deiner Abreise" —

Fabian.

Aus Heimweh nach mir —

Emil.

„Ist aber durch eine liebenswürdige und reinliche Nach= folgerin ersetzt, die uns glücklich macht. Ich male jetzt ein neues Motiv: häusliches Idyll mit Feigenbaum und Katze; Abendstimmung. Geld hast du wahrscheinlich nicht" —

Fabian.

Ahnungsvolles Gemüth!

Emil.

„Aber du hast Rom. Grüße mir das ewige Rom, du Gesegneter des Herrn! Und schreibe bald deinem dich benei= denden Onkel."

Fabian.

Finis.

Emil (für sich, erleichtert).

Ueber Assunta schreibt er also nichts. (Gibt ihm die Post= karte zurück. Laut.) Nun? Haben Sie ihm geschrieben?

Fabian.

Nein. Ich bin sein Neffe!

Zweiter Auftritt.

Die Vorigen. Alfred.

Alfred

(von hinten; in sich versunken).

Guten Morgen, Emil.

Emil.

Wie geht's?

Alfred

(mit etwas düsterem Lächeln).

Wie es geht? Immer gut!

Emil.

Ich war in deiner Wohnung, du warst schon fort. Darum such' ich dich hier im Atelier... Du hast dich gestern bei unserm Botschafter gut unterhalten?

Alfred

(hinten an einem Tisch, über Zeichnungen und Kupferstichen).

Natürlich. Es war ja eine glänzende Soirée.

Emil.

Und sehr schöne Frauen.

Alfred (zerstreut).

O ja!

Emil (ihn still beobachtend).

Bist du von der Soirée direct nach Hause gegangen?

Alfred.

Ja.

Emil.

Und hast ausgeschlafen?

Alfred.

O ja.

Emil.

Und siehst nun doch angegriffen aus. — Du gefällst mir nicht. Du thust des Guten zu viel. Du arbeitest zu viel.

Alfred
(blickt ihn an, mit einem tiefen Blick).

Mein lieber Emil! Was wär' ich denn ohne Arbeit? (Sich verbessernd, scheinbar zufrieden.) Arbeit ist ja Glück! (Zu Fabian, der nach hinten geht.) Wohin?

Fabian.

Lachen Sie nicht: einen Brief schreiben. (Zu Emil.) Sie haben vorhin doch mein Gewissen geweckt; ich will meinem Onkel Bruger eine kleine Epistel schicken —

Emil (scherzend).

Sie sind ein vortrefflicher Mensch!

Fabian (bescheiden).

Die Natur hat es so gewollt, Herr von Buchau.

Alfred.

Im Vorzimmer finden Sie Tinte und Papier.

Fabian.

Danke! — Ich nehme Ihnen nicht viel: nur eine einzige Postkarte! (Nach hinten ab.)

Emil.

Der Bengel thut dir doch gut: er erheitert dich.

Alfred
(mit einem flüchtigen Lächeln).

Ja; wie David den Saul!

Emil
(seinen geheimen Kummer unterdrückend).

Du hast viel Zulauf, hör' ich. In der „Gazzetta di Roma" stand, sie kämen in ganzen Schaaren, um dein fertiges Meister-werk, die wunderbare „verlassene Ariadne" zu sehn.

Alfred
(sich mit einer seiner Arbeiten beschäftigend).

Ich hab's gelesen. — Ja, es kommen Viele. (Nach links auf die offene Thür deutend.) Sie gehen da hinein, staunen, stoßen einige Worte der Bewunderung in verschiedenen Sprachen aus, und gehen dann (wieder nach links, aber mehr nach hinten deutend) durch die andere Thür wieder hinaus. — Kaufen thut's Niemand.

Emil.

Hab' nur Geduld. Es wird wohl auch einmal Jemand kommen, der es kauft —

Alfred.

Wie du meinst.

Emil.

Mit dieser „Ariadne" — die du so unglaublich schnell hingezaubert hast — und doch so delicat, so fein, bis ins Allerletzte —

Alfred (lächelnd).

Guter Emil!

Emil.

Damit hast du dir alle Welt gewonnen; und insbesondere die ganze Aristokratie. Die schöne Fanny, die Fürstin, ist von dir entzückt. Vom Bildhauer und vom Menschen —

Alfred (plötzlich auffahrend).

Ich bitte dich — lass' das. Lass' die schöne Fanny!

Emil (eine Weile still).

Gut. Wie du willst. — — Ich war eigentlich gekommen, um dir etwas Anderes zu sagen —

Alfred.

Was?

Emil.

Ihr Bildhauer verkauft eure großen marmornen Phantasien schwer. Du wirst nun mit deinem Geld bald zu Ende sein —

Alfred (setzt sich).

Ja. — Ich lebe hier doppelt so theuer wie in Capri... Nun, das ist nicht anders.

Emil.

Soll ich dir leihen?

Alfred.

Ich danke. (Sucht zu lächeln.) So schlimm steht es noch nicht mit mir —

Emil.

Mir scheint, doch. (Bewegt.) Alfred! So einen falschen
Stolz wirst du doch nicht haben: daß du nichts annehmen
wolltest — nicht einmal geliehen — nicht einmal von mir!

Alfred (unruhig).

Ich bitte dich, quäl' mich nicht. — Falscher Stolz — —
o nein. (Finster vor sich hinstarrend.) Aber was liegt mir
dran — —

Emil.

Ob du lebst oder nicht —

Alfred.

Das wollte ich nicht sagen.... (Steht wieder auf.) Laß'
mich! Ich bitte dich! Frag' mich nichts; wolle nichts von mir;
laß' es, wie es ist!

Emil (bekümmert).

Gut. (Steht auf.)

Alfred (wieder sanft).

War das Alles, was du mir sagen wolltest?

Emil.

Ich glaube. (Nach einigem Zögern, scheinbar absichtslos.)
Hast du etwas von Doctor Clinton gehört?

Alfred.

Nein.

Emil.

Er — ist hier.

Alfred.

So? — Das wußt' ich nicht.

Emil (beklommen, für sich).

Ich sollt' es ihm sagen, eh's ihm ein Anderer sagt!
(Laut.) Ich traf ihn auf der Straße. Er wohnt ganz in der
Nähe; einige Schritte von Piazza Barberini. Erst seit ein
paar Tagen — —

Alfred (wenig theilnehmend).

So. — Ein guter Mensch dieser Clinton.

Emil

(mit wachsender Anstrengung)

Es ist eine Veränderung mit ihm vorgegangen; — er hat mir's erzählt. Ein sehr bedeutendes Ereigniß in seinem Leben...(Stockt.)

Alfred.

Was denn?

Emil (für sich).

Wenn er mich so traurig ansieht, kann ich's ihm nicht sagen!

Dritter Auftritt.

Alfred, Emil; Krause und Hannchen.

Krause

(ebenso ausgerüstet wie im zweiten Aufzug, aber winterlich gekleidet, tritt hinten mit Hannchen ein).

Ist es erlaubt, meine Herren, die „verlassene Ariadne" in Augenschein zu nehmen? (Unsicher, an wen er sich zu wenden hat.) Mein Name ist Krause; Doctor der Philosophie —

Emil

(da Alfred sich nur stumm gegen die Dame verneigt).

Bitte; um diese Stunde ist der Eintritt allgemein gestattet. Wollen Sie gefälligst in den zweiten Raum treten: (gegen die offene Thür links deutend) die große Marmorfigur ist die „Ariadne".

Krause.

Ich danke. (Zu Hannchen.) So komm'! (Im Gehn.) Ariadne wurde nämlich auf der Insel Naxos von Theseus heimlich verlassen —

Hannchen (leise).

Fritz! Nicht so laut!

Krause (die Stimme dämpfend).

Ich spreche ja nicht laut. — Der Künstler hat wahrscheinlich den Moment gewählt, wo sie erwacht und es merkt: Jesus, Gottes Sohn, er hat mich verlassen! Und — (In der Thür, hineinblickend.) Aha! (Sie treten links ein.)

Alfred

(sitzend; mit schwachem Lächeln).

Ob sie dem gefällt? (Steht auf.) Aber ich faulenze.
(Tritt zur Wand, wo ein Atelierkittel hängt; will ihn herunternehmen.)
Was wolltest du noch sagen?

Krause

(kommt zurück; zu Emil, wie mit sanftem Vorwurf).

Sie haben nicht den Moment gewählt, den ich mir
gedacht hatte. Sie stellen die Ariadne nicht so effectvoll
dramatisch im Erwachen, sondern mehr so im Allgemeinen
im traurigen Zustand dar: „er hat mich also wirklich ver=
lassen" —

Emil (lächelnd).

Ich bedaure, wenn es nicht Ihren Beifall hat. Aber ich
bin nicht — —

Krause (ihn unterbrechend).

O gewiß ein bedeutendes Kunstwerk; die Kritik ist ja
darin einstimmig. Mich hat nur überrascht, daß Sie nicht
diesen effectvollen Moment — — (Ruft.) Hannchen! Siehst du
dir's ordentlich an?

Hannchen (draußen).

Ja!

Krause.

Mit voller Hingebung?

Hannchen.

O sehr!

Krause.

Ich will mir's doch auch noch einmal ansehn —

Emil.

Wie es Ihnen beliebt! (Krause links hinein.) Es scheint,
die Beiden theilen sich in die Arbeit: sie übernimmt die
„Hingebung" und er das Sprechen.

Alfred.

Wo nähme er die Zeit her, über das alles zu sprechen,
wenn er's auch noch anschaute?

Krause

(kommt mit Hannchen zurück; zu Emil).

Wir sagen Ihnen unsern ergebensten Dank für diesen
Kunstgenuß. Wie gesagt, der Moment — — Aber sehr interessant!

Emil

(verneigt sich leicht, mit stillem Humor).

Uebrigens bin ich nicht — —

Krause (ihn unterbrechend).

Es ist die letzte Erinnerung, die wir von Rom mit fort-
nehmen; denn wir reisen ab. Ich habe meiner kleinen Frau
nun sämmtliche Kunstschätze Italiens gezeigt; was im Gsell-
Fels und im Bädeker steht, das hat sie Alles gesehen. Dreißig
bis vierzig Museen und Gallerien, viele hunderte von Kirchen,
mindestens hundert Paläste, fünfzig Ateliers... Hast du
genug?

Hannchen

(hat sich vor Erschöpfung gesetzt; müde).

Ja!

Krause (halblaut).

Nämlich aus einem ganz besonderen Grunde hat sie nun
genug... (Flüstert Emil leise etwas zu; dieser drückt ihm, wie
glückwünschend, die Hand. Dann laut.) Also nun Rückkehr nach
Deutschland! — — Es war uns ein besonderes Vergnügen,
einen so hervorragenden Künstler von Angesicht zu Angesicht
zu sehn. Du hast ihn dir gut angesehn, Hannchen — (Sie
nickt. Emil will reden; Krause spricht fort.) Erlauben Sie mir noch
die Bemerkung: das Gesicht Ihrer Ariadne — ein sehr schöner
Typus; wir haben in Italien mehrere solche Köpfe gesehen.
Zuerst, vor einem Vierteljahr, auf der Insel Capri — (Alfred,
der, zerstreut zuhörend, weiter rückwärts steht, macht eine unwillkür-
liche Bewegung.) Dann jetzt hier in Rom; vor einer Viertelstunde, hier in dieser Straße —

Hannchen.

Das war ja dieselbe, Fritz! (Alfred horcht auf; tritt
etwas näher.) Die „schöne Assunta", wie sie sie in Capri
nannten —

Krause (überlegen).

Mein liebes Hannchen, du irrst! (Zu Emil.) Die kleine Frau täuscht sich. Diese Römerin war elegant gekleidet —

Hannchen.

Aber sie hatte dieselben wunderbaren Augen; und dieselben schönen Ohrgehänge — (lächelt elegisch) mein Neid!

Emil
(Alfreds Aufregung bemerkend, für sich).

Er hört's!

Krause (lächelnd zu Emil).

Die Frauen sehen eben mehr auf das Aeußere, auf die Kleinigkeiten; wir mehr auf das Ganze, den Typus. Sie war es natürlich nicht; es war nur der Typus... Ich habe die Ehre, mein Herr. Ich danke Ihnen. — Komm'! (Geht mit Hannchen nach hinten. Halblaut.) Hast du nun wirklich genug?

Hannchen.

Ja, Fritz.

Krause.

Bist du mit dem befriedigt, was ich dir gezeigt habe?

Hannchen (wie aufathmend).

Ganz befriedigt, Fritz!

Krause.

Also nun heim... Bist du glücklich?

Hannchen (aus vollem Herzen).

Ja! Ja! Ja!

Krause
(stutzt etwas; wie mechanisch).

Dann — —

Hannchen.

Dann komm'! (Sie küssen sich. Erinnern sich dann, wo sie sind; verneigen sich voll Verlegenheit; ab.)

Vierter Auftritt.

Alfred, Emil; dann Fabian.

Emil

(hat inzwischen Alfred beobachtet, der, mit innerer Unruhe kämpfend, endlich an den Tisch getreten ist, wo er Bruger's Postkarte zerpflückt; in scheinbarer Heiterkeit).

Die werden nun zu Hause erzählen, (an sich selber her-unterdeutend) wie der Verfasser der „Ariadne" aussieht —

Alfred (ausbrechend).

Sie ist hier!

Emil.

Wer?

Alfred.

Nun, so thu' doch nicht, als hättest du nichts gehört. Die mit den Ohrgehängen — — Assunta! Sie ist hier!

Emil (nach einigem Zögern).

Nun, und wenn sie's wäre — — Alfred! Was thut's? — Nehmen wir an, ja, sie wäre hier; aus — — aus irgend einer Ursache — — in dem großen Rom ist ja Platz genug. — Du bist ein Mann, denk' ich —

Alfred

(schließt die Augen, als verließen ihn die Sinne; reißt sie dann wieder auf. Nicht). Das hab' ich bewiesen, denk' ich — — eine lange Zeit. (Fingert auf seiner Stirn, wie um sich zu beleben.) Nur — wenn man, wie du sagst, angegriffen ist — und diese elenden Sinne und Nerven nicht mehr gehorchen wollen — und dann so etwas plötzlich kommt — — — Ah! (Schließt wieder die Augen, schwankt. Emil tritt rasch hinzu, fängt ihn auf, läßt ihn auf einen Stuhl sinken.)

Emil.

Mensch! Bruder! Was ist dir?

Alfred (matt, murmelnd).

Nichts. — — Ich danke dir. — — Es will nur zu-weilen kein Blut mehr zum Gehirn kommen, weißt du; und dann ereignen sich solche unwürdige Erschlaffungen —

Emil.

Ich sagt' es ja: du bist krank!

Alfred
(noch schwach, mit leerem Blick).

Unsinn! Wer ist krank? — Nichts als die Schlaflosigkeit — dieser vielen Nächte —

Emil.

Schlaflosigkeit! — Davon sagtest du nie ein Wort —

Alfred.

Es gibt ja auch noch and're Dinge, von denen ich
nichts sage. (Richtet sich langsam auf, bis er steht.) Es ist wieder
gut! — Wenn jede Schwäche so schnell vorüberginge wie
diese — da wär' uns geholfen. (Leise.) Fabian kommt. Sei
still! Und kein Wort mehr davon!

Fabian (von hinten).

Mit dieser unglücklichen Postkarte bin ich noch nicht
fertig. Ich muß Ihnen eine amtliche Mittheilung machen,
Herr von Buchau —

Alfred (ruhig).

Was gibt's?

Fabian.

Der Antonio ist ein Galgenstrick.

Alfred.

Mein Herr Diener?

Fabian.

Ja. Ich sah eben ein Goldstück bei ihm; (lächelnd) ein
unerwarteter und befremdlicher Anblick. Ich inquirirte diesen
edlen Römer, da gestand er mir, daß er diesen Napoleon
einer Dame verdankt, die unter seiner hohen Protection Ihr
Atelier besucht hat, ohne daß Sie es wissen. (Emil horcht auf.)
Gestern, gegen Abend, als Sie und ich auf dem Pincio
waren, ist hier ein brauner Schleier erschienen, darunter eine
Dame: hat dem Antonio in sehr fließendem Italienisch erklärt,
sie wünsche die „Ariadne" zu sehen; und als er gesagt hat,
sie soll wieder kommen, wenn der Eintritt erlaubt ist, denn

er habe strenge Befehle und so weiter — so hat ihm der braune Schleier so lange das Gold in die Hand gedrückt, bis seine Tugend fiel. Sie in ihrem Schleier, er ohne seine Tugend sind dann eingetreten; sie hat (deutet nach links) das Mädchen von Naxos lange angesehen, hat sehr still geschwiegen, ist dann endlich (nach hinten links deutend) durch die andere Thür wieder hinausgegangen — und Antonio beabsichtigt nun, Capitalist zu werden; dann hat er allerdings seine verlorene Tugend nicht mehr nöthig!

Emil (für sich).

Das war sie; gewiß.

Alfred.

Die Dame hat nicht gesagt, wer sie ist?

Fabian (schüttelt den Kopf).

Wenn sie ihm einen Napoleon gab, war's ja überflüssig.

Alfred.

Nun, was liegt daran. (Gleichgiltig lächelnd.) Genommen hat sie ja nichts. (Fabian verneint.) Bitte, laßt mich jetzt; mein Kopf möchte etwas Ruhe haben. Sammlung — für die Arbeit —

Emil.

Das heißt — schone dich!

Alfred.

Schonen... Gewiß.

Emil.

Ich gehe. (Für sich.) Jetzt könnt' ich's ihm nicht sagen; — morgen; — heute Nacht. (Laut.) Wir sehen uns ja noch diesen Abend —

Alfred.

Ja wohl.

Emil.

Lassen Sie jetzt Niemand herein! (Fabian schüttelt den Kopf.) Kommen Sie. — Also Adieu.

Alfred.

Abieu. (Fabian geht nach hinten, Emil folgt.)

Emil

(an der Thür, seufzt; für sich).

Wenn Menschen nichts für einander thun können — das ist unerträglich. (Ab.)

Fünfter Auftritt.

Alfred. Dann Assunta.

Alfred (allein).

War sie hier? — — Wie könnte sie. Wie käme sie dazu... Sie zu mir; nach dieser wortlosen, (zögernd) treu= losen Flucht... (Holt schwer Athem, stößt ihn gewaltsam aus.) Nie hab' ich etwas von ihr hören wollen, diese ganze Zeit; zu= weilen war mir's, als müsse sie wirklich todt und begraben sein, da die Welt von ihr so still war — und als würd' es nun (die Hand am Herzen) auch hier endlich ruhig werden. Jetzt, da nur die Rede ist von ihren Ohrgehängen, da ich nur ihren Namen höre — da zittert Alles in mir, und mein Kopf wird so blutlos, als schlüge man ihn mir ab... Nein, nein. Wie käme sie nach Rom? — Emil hat Recht: es ist Zufall, Täuschung... (Horcht nach hinten.) Wer spricht dort im Vorzimmer? — Fabian. — Mit Antonio... Nein. Mit einer — Dame, scheint mir .. (Faßt sich mit Gewalt.) Nun — warum nicht. Irgend eine von diesen Damen aus der „großen Welt" will das „Meisterwerk" anschauen... (Er geht langsam nach vorn, als ginge es ihn nichts an; doch man sieht, daß er mit aller Anspannung nach rückwärts horcht.) Fabian schickt sie fort. — Sie geht fort. — (Sucht zu lächeln.) Nun also... (In plötzlicher wilder Unruhe.) O diese Qual! Wenn es doch Assunta war — und er sie fortgeschickt hat — fort — viel= leicht auf Niewiederkommen — (Laut, fast schreiend.) O Qual! (Erschrickt über seine laute Stimme; blickt verstört umher.) Ich werde toll. — Ich muß wieder schlafen lernen; sonst verliert dieses elende Gehirn seinen Zusammenhang, seine Fassung; sonst wird Alles toll. (Geht gegen die offene Thür links, will hinein; Assunta tritt in die Thür. Er fährt zurück.) Assunta!

Assunta

(in einfachem, aber elegantem Straßenanzug, in einem leichten Schleier, den sie langsam zurückschlägt; einige Augenblicke unsicher, dann mit großer äußerer Ruhe).

Ja; wie Sie sehen. Ich bitte um Vergebung... Fabian wollte mich nicht hereinlassen — der gute Fabian, der ganz erschrocken war, mich auf einmal in Rom zu sehn; — da hab' ich mir ausgebeten, (hinter sich deutend) ganz leise durch die andere Thür — — (Tritt etwas vor.) Um nur die „Ariadne" noch einmal anzuschauen — —

Alfred (fast stammelnd).

Noch einmal —

Assunta.

Ja. Ich war schon gestern hier, ohne daß Sie's wußten. Ich hatte von Ihrer „Ariadne" so viel reden hören. Und aus einer Neugier — die wohl begreiflich ist —

Alfred
(durch ihre Ruhe mehr und mehr außer Fassung gebracht).

Natürlich... Natürlich. — — Ich verstehe zwar von alledem noch nicht viel: wie Sie nach Rom kommen, und was Sie hier — — Aber gleichviel. (Bewegt stumm, mit unsicheren Händen einen Stuhl, sie einladend, sich zu setzen. Mit einer schwachen Verneigung lehnt sie es ab. Alfred mühsam.) Ich habe Sie vor Allem um Verzeihung zu bitten, Frau Assunta Leoni —

Assunta.

Bald Frau Assunta Clinton. (Er starrt sie an.) Ja. — Ich erwarte meinen — Verlobten, der mich hier treffen wollte; denn natürlich, auch er wünscht Sie doch zu sehn. Doctor Clinton, den Sie kennen... (Er schweigt.) Ja, ich habe also doch noch einmal — gewählt... Ich lag eine Weile krank — nicht in Capri, sondern in Neapel; in einem Hotel. Bruger und Doctor Clinton kamen herüber, die Guten, mich zu pflegen, mir beizustehn. Ich wurde auch wieder gesund. Und — — (lächelnd) nun, es endete damit, daß wir uns verlobten —

Alfred
(als müsse er etwas sagen).

In Neapel —

Asuntla.

Ja. — Mit seiner Schwester und ihm reise ich nun
durch Italien, (mit unsicherer Stimme) die Welt etwas kennen
zu lernen, die Kunstwerke zu sehen, mich in der Gesellschaft
dieser guten Miß Clinton und ihres Bruders zu bilden —
bis ich mich der Ehre würdig fühle, seine Frau zu werden.
Und seit einigen Tagen — sind wir nun in Rom. (Tritt vor;
mit sichtbarer Anstrengung, doch dann wieder ruhig, kalt.) Ich habe
gehört, Herr von Buchau, Ihre Ariadne ist noch nicht verkauft.
Ich will sie kaufen; darum bin ich hier. (Er stößt einen kurzen
Laut der Ueberraschung aus; starrt dann wieder fassungslos.) Wie
ich Ihnen sagte, ich habe sie gestern schon gesehn. Der Kunst=
händler, bei dem ich — zuerst von Ihnen hörte, hat mir
gesagt, welchen Preis Sie fordern: zehntausend Francs. (Ein
Brieftäschchen hervorziehend.) Hier sind sie. (Er schweigt.) Sie haben
doch gehört, Herr von Buchau?

Alfred (mit wildem Lächeln).

Alles, Madame; Alles. — Aber Sie irren; Sie sind
falsch berichtet. Ich fordere das Doppelte; zwanzigtausend
Francs.

Asuntla (nach kurzem Schweigen).

Das ist — etwas viel. — Es thut nichts. Ueber so viel
kann ich disponiren —

Alfred.

Sie durch — durch ihn!

Asuntla.

Sie irren. Es ist mein Eigenes; von meinem Vater geerbt,
und von seinen Brüdern. Hier sind die zehntausend Francs;
den Rest schick' ich noch heute. Also, nicht wahr, nun hab' ich
sie gekauft?

Alfred
(mit den Zähnen knirschend).

Ich verstehe Sie. Sie sind hergekommen, um mich zu
demüthigen, sich an mir zu rächen. Sie wußten aus — aus
den Zeiten von Capri her, daß ich nichts besitze; Sie haben
hier in Rom gehört, daß meine Arbeit mir noch nicht abge=
kauft ist; nun wollen Sie sie kaufen — Sie als zukünftige

Frau Assunta Clinton — um mich durch Ihre rasende Groß-
muth zu vernichten. (Sie erwidert nichts, rührt sich nicht.) Sie
irren aber, wenn Sie glaubten — — Ich verkaufe sie nicht.

Assunta.

Nicht?

Alfred.

Nein. Ihnen nicht. (Sich zwischen sie und die offene Thür
stellend, wie um sie von der „Ariadne" zu trennen.) Lieber sie in
Stücke schlagen — lieber sterben, verhungern — als durch
Ihre Gnade, Ihre Rache leben!

Assunta.

Warum glauben Sie denn, daß ich mich rächen will?
So müßte doch auch etwas geschehen sein, das zu rächen
wäre; (ihre Stimme zittert) so müßten Sie mir etwas zu
Leide gethan haben —

Alfred.

Ja, ich hab's gethan. Ich hab' Sie verlassen, wie man
einen Feind verläßt... Nach jenem Abend in Capri bin ich
davongegangen, obgleich ich wußte, was Sie für mich fühlten;
obgleich ich Sie liebte; heimlich, feig, weil ich Sie so
liebte; — weil meine Kunst, meine Ehre, meine Pflicht — —
(Vor ihrem Blick, der groß und tief auf ihm ruht, vergehen ihm die
Worte, die Gedanken; er deutet es durch Geberden an.) Begreifen
Sie doch. Reden kann ich nicht. Jetzt kann ich's nicht...
(In fassungslosem Schmerz.) Assunta! Assunta!

Assunta
(mit zuweilen zitternder Stimme).

Ich verstehe wohl: „Ihre Kunst, Ihre Pflicht." Sie
haben gedacht — oder geglaubt, was Ihnen Andre sagten —
daß ich zu tief unter Ihnen stehe, um hinaufzukönnen; daß
ich Sie nur hindern würde in Ihrer Kunst und in Ihrer
Pflicht. Daß ich eine echte, rechte Italienerin sei, die keinen
andern Gedanken hätte, als so weiterzuleben; selbstsüchtig, klug,
bequem, ohne Ehrgefühl und ohne Ehrgeiz; nur so eine feurige
Blume, die an dem heißen Fels geschwind aufgeht und geschwind
verblüht. „Obgleich Sie mich liebten," wie Sie sagen, haben
Sie ohne Weiteres geglaubt: wie könnte diese Assunta wohl

6

so von Herzen lieben, daß sie Alles darum hergäbe, was ihr
bis dahin lieb war, ihr Haus, und die Heimat, und das stille
Leben, und das geschäftige Nichtsthun, — um sich ganz und
gar an meine Flügel zu hängen, nur für mich zu leben, wo
und wie ich auch wollte, meine Kunst zu lieben, sich zu bessern,
wo es ihr fehlt, zu lernen, zu wachsen, bis sie da oben auf
meiner Höhe steht, als meine wirkliche Frau! — Weil Sie
das alles für unmöglich hielten, darum gingen Sie fort —
nach Pompeji — und vor dem Isistempel sagten Sie dem
„umfluteten Lemnos" Lebewohl — mir nicht —

Alfred (vor Staunen verwirrt).
Dem „umfluteten" —

Assunta.

Ja, ich sah Sie dort! Ich war in Pompeji! Diese
Frau, die da kniete — zu der Sie so gedankenlos mitleidig
ein paar Worte sprachen — ja, ja, die war ich! Und ich
habe dann die Nacht da auf den Stufen gelegen — und
nicht sterben können — (in wildem, doch die äußere Haltung nicht
verlierendem Schmerz) und jetzt, da ich noch lebe, will ich Ihnen
einmal Alles, Alles sagen — bis ich mich befreit habe! —
Ja, ich habe da gelegen, bis der Morgen kam und die Wächter
mich fanden; und als ein fieberndes, krankes Geschöpf, mit
nicht sehr richtigen Sinnen, schafften sie mich fort; und weil
ich nicht nach Capri zurück wollte, ließ ich mich nach Neapel
schaffen: da lag ich dann — und gesegnet hab' ich Sie da
nicht! Und während Sie hier in Rom diese „verlassene
Ariadne" machten — (bitter) aus ein wenig Reue, nicht wahr;
und gewiß recht schön, recht rührend — — aber wie viel so
eine wirkliche Ariadne leidet, das steht Ihrer „Verlassenen"
doch nicht auf dem Gesicht; das wußten Sie nicht! — —
Da ist dann das „große Schicksal" auch zu mir gekommen,
um mich aufzurichten; (die Zähne aneinanderbrückend, in verhaltener Qual) und als ich die Braut dieses Mannes wurde, der
mehr an mich glaubte, mich besser kannte, als Sie, da hab'
ich mir gelobt: ich will's ihm beweisen, daß er doch zu
schlecht, zu niedrig von mir gedacht hat! Ich will Capri verlassen und vergessen, und draußen in der Welt leben, und
lernen, lernen, und mich anders machen, bis alle Welt sagen

soll: das ist nicht mehr die Assunta Leoni von Anacapri, die Tochter des Korallenfischers, das ist Assunta Clinton, die freie Amerikanerin, die Frau aus der Welt, die unsere Sprache spricht, unsere Gedanken denkt! Und mein ganzes Leben soll der Beweis sein, Ihnen ins Gesicht, daß Sie mich nicht kannten! Daß in diesem armen, niedrigen Geschöpf von Ana= capri doch etwas war, das man nicht verachtet; daß Sie doch wohl nicht gut thaten, mich so zu verlassen; daß es ein Ver= rath an Ihnen selber war, als Sie so viel grenzenlose Liebe von sich wegwarfen — (auf eine Bewegung von ihm jetzt sie hinzu) bis sie spurlos verging! — Und so bleich und stumm und gedrückt, wie Sie jetzt vor mir dastehen, sollen Sie sich vielleicht eines Tages sagen: ich war ein Narr, daß ich sie verließ! Ich hab' vergebens in der Welt gesucht, so ein hin= gebendes Herz zu finden, wie Assunta Leoni hatte; ich hab's nicht gefunden! — Und nun gehen Sie, wohin das „große Schicksal" Sie ruft! Leben Sie wohl! (Links hinaus.)

Sechster Auftritt.

Alfred; dann Clinton, Fabian.

Alfred

(will ihr nach; bleibt stehen. Will reden; greift nach seiner Brust, seine Kehle. Mit völlig verstörten Zügen).

Sie verachtet mich... (Schwankt. Greift nach einem Stuhl, sich zu halten; schüttelt die Lehne hin und her.) Bruder! Das ist nun das Ende... (Sinkt in den Stuhl.) Bruder! Bruder!

Clinton

(dem Fabian folgt, tritt hinten ein; sieht Alfred sinken, eilt herzu).

Herr von Buchau! — Was haben Sie? — — Wo ist meine Braut?

Alfred

(wie abwesend, wendet ihm langsam das Gesicht zu).

Clinton! — — (Vor sich hin murmelnd.) Seine Braut... Seine — — (Verliert das Bewußtsein, fällt auf die Erde.)

Clinton

(neben ihm niederknieend).

Fabian! So helfen Sie doch!

Der Vorhang fällt.

6 *

Vierter Aufzug.

In Rom. Zimmer in Clinton's Wohnung; behaglich, ohne Luxus. Thür im Hintergrunde, in der Mitte. Auf einem Tisch Arzneifläschchen, Wasser, Wein. An der Wand stehen Koffer.

Erster Auftritt.

Alfred (liegt auf einem Sopha, im Vordergrunde, schlafend). Clinton (sitzt neben ihm). Fabian (steht).

Clinton.

Er wird bald aufwachen. — Gehen Sie, lieber Fabian. Gehen Sie nur wieder ins Atelier.

Fabian.

Er wird gewiß wieder gesund?

Clinton.

Seien Sie ohne Sorge!

Fabian (nicht).

Wenn Sie es sind, bin ich's natürlich auch. — Ich war nur so erschrocken... (Sucht seine Weichheit hinter möglichst männlichem Gleichmuth zu verbergen.) Wenn man für Jemand so viel Interesse und — Anhänglichkeit hat, wie ich für Herrn von Buchau — der mich nach Rom hat kommen lassen, um mit ihm zu arbeiten — der so ein echter Künstler und so ein famoser Kerl ist — — (Fühlt, daß er doch zu weich wird, bricht ab.)

Clinton (mit stillem Lächeln).

Er hat sich offenbar schon zurechtgeschlafen. Erwarten Sie mich nur im Atelier; ich komme bald nach. Er auch.

Fabian.

O, ich bin ganz ruhig. — Er ist so ein nobler, vornehmer, seelenguter — — (Bricht wieder ab, wie vorhin.) Kommen Sie nur bald! (Von seiner Weichheit beinahe übermannt.) Ich bin ganz, ganz ruhig! (Rasch ab.)

Alfred (halb wach).

Was ist —? (Clinton antwortet nicht. Alfred erwacht allmählich, blickt befremdet umher, sieht aber Clinton noch nicht, der am Kopfende sitzt.) Ich bin ja nicht im Atelier?

Clinton.

Nein.

Alfred.

Doctor Clinton!

Clinton (nicht lächelnd).

Der ist es. (Alfred richtet sich halb auf; man sieht, daß seine Erinnerung erwacht; Qual und Unruhe verstören seine Züge.) Lieber Herr von Buchau, verwundern Sie sich nicht so sehr. Ich kam gerade zu Ihnen, als Sie die Besonnenheit verloren — — die Besinnung, mein' ich. Sie lagen dann da wie todt, wollten gar nicht aufwachen. Ihr Diener ist ein Dummkopf, in Ihrem Atelier haben Sie kein Bett, kein Sopha, gar nichts; mein Wagen stand vor der Thür, ich wohne hundert Schritte von Ihnen; — da hab' ich mich denn kurz resolvirt; wir haben Sie zum Wagen getragen, und herauf zu mir. Sie haben hier fest geschlafen; wohl 'ne halbe Stunde. Das ist die Geschichte —

Alfred (unruhig aufstehend).

Und jetzt bin ich wieder wohl... Ganz wohl. Lassen Sie mich fort!

Clinton
(steht auf, drückt ihn langsam nieder: herzlich).

Bitte, bitte. Was fällt Ihnen ein, lieber Herr von Buchau. Sie sind ja noch abwesend: (lächelt) Sie haben mir noch nicht einmal guten Tag gesagt. (Alfred starrt ihn an, murmelt etwas.) Sie werden etwas trinken, sich stärken, und mit uns bejeuniren; (da Alfred reden will) ins Atelier, an die Arbeit laß' ich Sie nicht zurück; nein, auf Ehre nicht! Sie

haben sich übergearbeitet, wie mir Fabian sagte; Sie haben
zu wenig geschlafen und zu wenig gegessen und zu viel Thon
geknetet und zu viel auf den Marmor losgeschlagen: darum
lagen Sie nun so da — erlauben Sie, das geht nicht — das
können Ihre Freunde nicht zulassen, oder sie sind Halunken —
(bewegt lächelnd) und Ihnen zum Trotz, immer Ihnen zum
Trotz bin ich auch Ihr Freund!

Alfred (mühsam).

Ich danke Ihnen, Doctor —

Clinton (schenkt ein).

Trinken Sie nur eins; — und fürchten Sie nicht, daß
ich Sie zu viel unterhalten und Sie todtschwatzen werde: ich bin
ja ein alter Doctor der Medicin, aber kein altes Weib! —
Nur das Eine muß ich Ihnen noch sagen, Herr von Buchau:
dieser alte, verstockte Junggesell' will also doch noch heiraten,
(lächelnd) und richtig Eine von Capri! — Sie selbst wird
Ihnen gesagt haben — —

Alfred.

Gewiß. — Meinen Glückwunsch —

Clinton.

Sie ist von Ihnen fortgegangen, statt mich zu erwarten…
(Setzt sich.) Das ist eine Frau, Herr von Buchau, die man
achten muß, die man ehren muß! Seit dem Tag unserer
Verlobung hat sie nichts im Kopf, als studiren, gebildet
werden, die Welt kennen lernen, — immer unter der mütter-
lichen Obhut meiner guten Mary; und sie will auch durchaus
Englisch lernen, weil's unsere Sprache ist. (Steht vor Lebhaftig-
keit auf.) Ich hab' ihr gesagt: Nein! Wozu? Das ist eine
abgehackte, infame, häßliche Sprache, die Ihren schönen Mund
verunstaltet… Aber sie läßt es nicht! Sie studirt, sag' ich
Ihnen, bis tief in die Nacht — — (Schlägt sich vor die Stirne.)
Sie sollten ja Ruhe haben. Ich bin doch ein altes Weib.
(Setzt sich.) Jetzt sitze ich still!

Alfred.

Ihr Wein hat mich gestärkt. Ich danke Ihnen. Lassen
Sie mich nun fort! (Will gehen.)

Clinton

(eilt hinzu, hält ihn am Arm).

Verzeihen Sie — das geht nicht. Was würde auch Frau Assunta sagen, wenn ich Sie so fortließe; — jeden Augenblick erwart' ich sie — sie und meine Schwester. (Horcht.) Da kommen sie! (Geht nach hinten, dem erschrockenen Alfred den Weg vertretend.) Jetzt sollen Sie eine Weile vor mir Ruhe haben; (geheimnißvoll lächelnd) ich habe noch einen Gang — — (Oeffnet die Thür.) Assunta! Mary!

Zweiter Auftritt.

Alfred, Clinton; Assunta.

Assunta

(so, wie sie von der Straße kommt; tritt in die Thür, erschrickt, als sie Alfred sieht, und bleibt stehen, ohne sich zu rühren).

Clinton.

Sie kommen allein, Assunta?

Assunta (tonlos).

Ja.

Clinton

(über ihr Benehmen etwas verwundert).

Wo ist meine Schwester?

Assunta (mühsam).

Sie war nicht mit mir. Sie war allein zur spanischen Treppe gegangen —

Clinton (auf Alfred deutend).

Unser Gast, Assunta. Ich hab' ihn heraufgeschleppt, als er nicht Nein sagen, sich nicht wehren konnte: denn er wußte nichts von sich und von der Welt. Aber jetzt weiß er's wieder... Sie treten ja nicht ein.

Assunta.

Ich — — ich werde auf mein Zimmer gehen, bis Ihre Schwester kommt —

Clinton (lächelnd).

Gar so förmlich, Madam? — Bitte, bleiben Sie hier und bewachen Sie diesen Herrn, bis ich wiederkomme —

Asaula (in plötzlicher Angst).

Sie wollen fort?

Clinton.

Ja; (harmlos) erschreckt Sie das? (Wieder geheimnißvoll lächelnd.) In zehn Minuten bin ich wieder hier; dann sage ich auch, wohin! (Nimmt seinen Hut von einem Stuhl an der Thür; eilt hinaus.)

Asaula
(wie Alfred eine Weile still; nimmt langsam Hut und Mantel ab, ohne aufzublicken. In einer fast weichen, rührenden Verlegenheit).

Verzeihen Sie; — es ist nicht meine Schuld. Wie peinlich muß es Ihnen sein, mich noch einmal zu sehen... (Er nagt stumm die Lippe.) Ich hatte gedacht: nie mehr... (Neues Schweigen.) Erlauben Sie mir, Ihnen wenigstens zu sagen: nach dieser Begegnung sollen Sie weiter keine fürchten; o nein, fürchten Sie nichts. Ich werde — Doctor Clinton und Miß Mary bereden, wieder fortzugehen. Nach Firenze — Venezia — irgendwohin. — O mein Gott, wie peinlich ist diese Stunde; aber wie and're schwere Stunden wird sie auch vergehen — und dann sind Sie frei!

Alfred (mit äußerer Ruhe).

Sie wird vergehen; gewiß. Fürchten Sie nicht, daß ich — so lange es dauert — die Haltung verlieren oder Sie irgendwie — verletzen würde; dazu kenne ich doch zu gut meine Mannespflicht. (Seine Bitterkeit unterdrückend.) Ich glaube, ich weiß nun wieder Alles, was Sie mir gesagt haben — — vorhin, mein' ich; bei mir... Lassen Sie mich Ihnen nur darauf erwidern — da wir doch allein sind —: ich war schuldig, gewiß; daß Sie ein Recht hatten, sich gekränkt zu fühlen, sich an mir zu rächen, (mit einer tief schmerzlichen Bewegung, die er sogleich zu unterdrücken sucht) mir so weh zu thun, wie Sie irgend konnten — das bestreite ich nicht. Es ist eine — grausame Strafe, glauben Sie mir, daß ich nun weiß, wie schlecht ich Sie kannte; daß ich nun, zu spät — um ein ganzes Leben zu spät — — (Bricht ab.) Aber begreifen Sie, bedenken Sie: woher sollt' ich Sie so ganz, so von Grund aus kennen? Ich bin ein Mensch, ich bin nicht allwissend... Woher sollte ich diesen Glauben nehmen, daß Sie mit solcher

Liebe, — — (da sie eine Bewegung macht) verzeihen Sie — ich will sagen: daß Sie so viel für mich thun, für mich opfern könnten — (in allmählich sich entladendem Schmerz) daß Ihre Seele so stark, so jung, so überschwänglich — so fähig, das Wunderbarste zu vollbringen — und das alles für mich — — woher sollt' ich —

Assunta
(beklommen, tritt einen Schritt zurück).

Bitte, lassen Sie das. — — Verzeihen Sie mir, was ich in Ihrem Atelier — —

Alfred.

Nun ist Alles vorbei! Verloren! — Wahnsinniges Schicksal! Ich, der ich mich vor Ihnen retten wollte, um nicht meine Kunst, meine Zukunft zu verlieren — ich steh' heute da und seh' und fühle: da ich Sie verliere, ist mir nichts zu retten! (Die Sätze einzeln und schwer hervorstoßend, während sie, geängstigt und erschüttert, gegen das Sopha zurückweicht.) Was soll nun mit mir geschehn! Wo ist meine Zukunft... So, wie ich Sie liebe, kann ich nur Einmal lieben... Sie aber gehen fort, mit dem Andern... All' mein Ringen nutzlos; meine Kunst hilft mir nicht, meine Vernunft verläßt mich; ich bin nichts mehr, ich habe nichts mehr — und ich soll noch leben!

Assunta.

Unglücklicher Mensch... Warum haben Sie damals — — warum gingen Sie fort; ohne Wiederkommen! (Ist in das Sopha gesunken; weint.)

Alfred
(betroffen; eine Weile auf ihr Weinen horchend).

Assunta! — Sie weinen. — Sie hassen mich doch noch nicht. (Tritt zu ihr.) Assunta! — Sehen Sie nicht so zu, wie ich untergehe! (Niederknieend.) Retten Sie mich, Assunta!

Assunta (springt auf).

Stehn Sie auf. (Da er zögert.) In diesem Augenblick: oder ich gehe aus der Thür. (Er erhebt sich.) Ich bin nicht mehr die Assunta Leoni, die Sie in Capri kannten. Ich würde lieber sterben, als den Mann betrügen, dessen Frau ich werde. Ver=

geſſen Sie ſo ſchnell wie möglich, was Sie eben ſagten, und kein ſolches Wort mehr!

Alfred
(hat ſich gefaßt. Nach einer Pauſe).

Ich bitte um Verzeihung, Madame. — Sie beſchämen mich... (Die Hand am Kopf.) Wie kam das — — Ich weiß nicht. (Sie wendet ſich von ihm ab; ſinkt langſam in das Sopha zurück.) Möchten Sie mir dieſe — unmännliche Schwäche verzeihn; — möchten Sie bedenken, wie hart, wie (ſchmerzvoll) ſinnverwirrend es iſt, ſo auf einmal, wie durch einen Blitz in der Nacht, all' das Edle, Große, Herrliche in Ihnen zu ſehn — und verloren zu ſehn! — — Wie anders iſt Ihr Fall. Was Sie verloren haben, das liegt hinter Ihnen; Sie wiſſen, was Ihnen bleibt, und mit dem gehen Sie fort. Ihres Mannes Liebe — die Welt — Ihr Wollen und Streben — Ihre Hoffnungen — Ihre Jugend — und Schönheit — all' das Glück —

Aſſunta
(bricht in unaufhaltſames Schluchzen aus, den Kopf in die Ecke gedrückt. Sucht es zu erſticken; es bricht dann wieder um ſo heftiger hervor).

Alfred
(ſteht zuerſt wie betäubt. Endlich).
Aſſunta! Sie haben mich noch lieb!

Aſſunta
(fährt zuſammen; ſchluchzt wieder auf).
Nein, nein.

Alfred.
Sie lieben mich noch, Aſſunta!

Aſſunta.
Schweigen Sie. — Ich beſchwöre Sie, ſprechen Sie nicht mehr — (Steht auf. ſchwankt an ihm vorbei.)

Alfred (in Glück und Elend).
Aſſunta!

Aſſunta.
Bleiben Sie hier!

Alfred.

Wohin wollen Sie?

Assunta (geht nach hinten).

Wo ich Sie nicht mehr sehe. Nie mehr. (Voll Schmerz
vor sich hin.) Mai, mai più! — — Dies waren die letzten
Worte auf Erden zwischen Ihnen und mir... (Ihn durch eine
Geberde zurückweisend, da er auf sie zu will.) Sie haben Ihr
Geschick gewählt; und dann ich das meine. Ich vergebe Ihnen
allen Kummer, den Sie mir gemacht haben... Sie können
mir nun nicht mehr helfen — und ich Ihnen nicht... Gott
gebe Ihnen Glück, und Alles! Addio! (Wankt, die Augen
schließend, zur Thür.)

Dritter Auftritt.

Alfred, Assunta (im Abgehen); **Clinton.**

Clinton
(öffnet die Thür, bleibt stehen, auf seine Uhr blickend).

Fünfzehn Minuten, nach der Uhr! (Zu Assunta.) Was
ist Ihnen? — Sie hatten die Augen geschlossen — und Sie
sehen aus wie ein wandelnder Geist —

Assunta
(eine Hand an der Stirn).

Nur mein Kopf. Sie wissen. — Wenn mir besser ist,
werd' ich wiederkommen —

Clinton.

Sie Aermste. Ich wußte nicht — daß heute —

Assunta.

Es kommt und geht.

Clinton.

Kann ich Ihnen helfen —

Assunta.

Ich danke. Nein. (Wiederholt murmelnd.) Wenn mir besser
ist — — (für sich) Nie wird mir besser; nie. (Laut, mit einem
letzten Blick auf Alfred.) Addio! (Hinaus.)

Alfred (für sich).

O mein Gott! Sie liebt mich noch!

Clinton (blickt ihr mitleidig nach).

Das kommt und geht, und kommt immer wieder. Seit ihrer hitzigen Krankheit damals in Neapel ist sie oft noch leidend —

Alfred (gepreßt).

Ich hoffe, es wird vergehen. (Um etwas zu sagen.) Wo waren Sie?

Clinton (lächelnd).

Sie errathen es also nicht? — In Ihrem Atelier. Ich hatte dem Fabian versprochen, ihm etwas Nachricht zu geben; ich wollte aber vor Allem — — nun, natürlich wollte ich doch Ihre „Ariadne" sehn. Ich hab' mich nur so ein paar Minuten davor hingesetzt, damit Sie nicht warten; aber — begeistert bin ich. Das ist (mit Gefühl lächelnd) „charming, indeed!" Das ist der gute Styl, das ist die griechische Kunst!

Alfred.

Sie fahren also fort, mich zu überschätzen —

Clinton.

Lieber Herr von Buchau! Wir sollten nun hier in Rom viel zusammen leben; (rasch) nicht zur Last fallen, natürlich; aber möglichst viel! — Sehen Sie, auch ihr zu Liebe: Die will jetzt durchaus Kunst, und immer Kunst; und Sie — Sie könnten eine Kennerin aus ihr machen... Und dann, damit Sie sich gründlich erholen, sollten Sie aufpacken, wenn die kalte Zeit vorbei ist, und mit uns — wenn es Ihnen recht wäre — nach dem alten „Sarkophag des Tiberius" — — Warum schütteln Sie den Kopf?

Alfred
(nachdem er heftig geathmet).

Weil das alles unmöglich ist.

Clinton.

Warum?

Alfred.

Weil ich — — Guter Doctor Clinton. Weil ich Ihre Braut nicht mehr sehen darf. Weil ich ihr zu gut bin. (Clinton steht wie erstarrt.) Ich kann nicht vor Ihnen lügen, Doctor Clinton. Und da ich Ihnen nun die Wahrheit gesagt habe, lassen Sie mich gehn!

Clinton.

Mann — — Buchau — — Herr von Buchau, ich verstehe Sie nicht. Meine Braut... Sie sehen sie heut' zum ersten Mal — nach so langer Zeit —

Alfred (fortstrebend).

Bitte, lassen Sie mich. — Schon in Capri hab' ich' — —

Clinton
(plötzlich betroffen. Mühsam).

Ja so.

Alfred
(die Wirkung auf Clinton erfassend, wird unruhig; sucht zu lächeln).

Wundern Sie sich, daß mir das geschehen ist? — Ich hab' stillgeschwiegen; aber ich bin von Capri fortgegangen, eben deshalb; — und nun fühl' ich, beim Wiedersehen, — daß es noch zu früh ist. Und darum geh' ich jetzt fort —

Clinton (plötzlich ihm nach).

Buchau!

Alfred.

Was?

Clinton.

Entschuldigen Sie, Herr von Buchau... (Zitternd.) Und meine Braut? Assunta?

Alfred.

Was wollen Sie? — Ihre Braut hat nichts damit zu schaffen —

Clinton (faßt ihn am Arm).

Buchau! Und meine Braut —?

Alfred.

Hören Sie denn nicht, was ich eben sage? Es handelt sich nur um mich, nicht um Frau Assunta —

Clinton (nach Worten ringend).

Verzeihen Sie... Herr von Buchau! Schon in Capri, sagen Sie... Da wohnten Sie Haus an Haus. Und ich beneidete Sie... (Auf eine Bewegung Alfreds.) Sehen Sie her; ich bin ruhig. Nur die Wahrheit will ich. Seien Sie ganz wahr, ganz aufrichtig, Herr: (es hervorstoßend) sie hat's gewußt! (hinter sich deutend) sie! damals — in Capri — (mit einem neuen Gedanken, wie entsetzt) und heute — —

Alfred.

Sie sind toll. Was denken Sie? Frau Assunta ist die rechtschaffenste Frau auf dieser Welt —

Clinton.

Um das hab' ich nicht gefragt. Ob sie Ihnen auch — — ob sie Ihnen „zu gut war", mein' ich. (Stammelnd.) Oder ist... (Geht, mit einem plötzlichen Entschluß, zur Thür. Scheinbar ruhig.) Entschuldigen Sie nur einen Augenblick, Herr von Buchau. Einen Augenblick... (Geht hinaus, schließt von braußen die Thür zu.)

Alfred (horcht).

Was will er? — — Er schließt mich ein. — Wo ist Assunta? Was will er thun? (Fährt sich mit seinem Taschentuch über Stirn und Schläfen. Geht näher an die Thür und horcht.) Alles still. Kein Laut. (Pause.) Ich glaube, ich war toll, daß ich ihm das sagte —

Clinton
(schließt auf, kommt zurück; sehr blaß. Hat den Schlüssel in der Hand, schließt von innen zu, zieht ihn ab, legt ihn auf den Tisch. Nachdem er sich gesammelt).

Ich war nur an ihrer Thür; habe nur gehorcht. Sie sitzt in ihrem Zimmer und weint. (Alfred erschrickt; sucht es zu verbergen.) Denken Sie nicht, Herr von Buchau, daß ich die Ruhe verliere, und pathetisch werde — oder wie Sie das nennen. Ich hab' kaltes Blut. (Mühsam.) Ich will Ihnen nur sagen, wie ich mir das alles jetzt zusammendenke: Ihre Ohn=

macht vorhin — jetzt Frau Assunta's Hinausschwanken, als ich wiederkomme — — — Herr, ich kann mich vor eine Kanone stellen, in der Schlacht, wenn's sein muß; — vor die Wahrheit auch. Die Krankheit dieser Frau damals in Neapel — nachdem Sie davongegangen waren — ohne Abschied... Und jetzt sitzt und weint sie... Sie hat mich genommen, weil — — (Es will ihn ersticken, er reißt sein Halstuch ab und das Hemd auseinander.) Sie liebt nicht mich, sondern Sie!

Alfred.

Nein. Es ist nicht wahr —

Clinton.

Herr, lügen Sie nicht! (Geht langsam auf ihn zu.) Ich habe auch meine Ehre, Herr, — wenn ich auch weiter Niemand bin, als der Doctor Clinton; ich hab' meinen Stolz wie Sie — und mein Recht auf Glück — (an sein Herz schlagend) und der alte Muskel da dreht sich auch mir herum, wenn man kommt und mir nehmen will, was mir gehört... Diese Frau ist mein; — ich bin ihr sehr gut; — ich geb' sie nicht her... Ich muß Ihnen etwas sagen, Herr von Buchau: auch Ihnen war ich immer gut, hab' Sie verehrt, geachtet; — so aber kann ich nicht leben — und Sie auch nicht, denk' ich. So lange wir über dem Boden sind, werden wir keine Ruhe, keinen Frieden haben, weder Sie noch ich. Einer von uns muß aus der Welt, Buchau. Sie oder ich.

Alfred.

Ich kann mich von Ihnen tödten lassen, aber ich kann Sie nicht tödten. Gegen Sie heb' ich die Hand nicht auf. Ihr Blut an meiner Hand, Ihr Tod auf meinem Gewissen — — nie, Doctor Clinton; nie!

Clinton.

Daß Sie die Hand aufheben, ist ja auch nicht nöthig. Wir Amerikaner — das sogenannte „praktische" Volk — wir haben ja die neue Form erfunden, die bequemer ist. Wir losen oder werfen — würfeln, mein' ich — wer von uns aus der Welt soll. Der macht es dann selber ab, während der Andre schläft — oder sonst thut, was er will. Sie brauchen also Ihre Hand nicht mit meinem Blut zu beflecken. Das ist

„praktisch", sehen Sie. (Vor Erregung zitternd.) Jetzt werden Sie also nicht mehr Nein sagen, als ein Mann von Ehre —

Alfred.

Sie sind rasend, Clinton. Ich wollte davongehn, auf Niewiedersehen —

Clinton
(den Kopf schüttelnd, langsam).

Das halten Sie nicht. — — Und wenn auch —!

Alfred.

Gut denn! So würfeln wir, oder losen, oder was Sie wollen!

Clinton.

Ich habe Würfel hier — noch in meinem Koffer. Noch nicht ausgepackt. (Oeffnet einen der Koffer, sucht haftig, wirft allerlei Käftchen und Päckchen heraus.) Da sind sie. (Kommt mit einem Spielkaften, ähnlich wie ein Damenbrett, an den Tisch zurück; klappt ihn auf, nimmt zwei Würfel heraus.) Wer die meisten Augen wirft, den trifft es. Bis übermorgen; wenn es Ihnen recht ist.

Alfred.

Mir ist Alles recht. Nur zu!

Clinton.

Auf einem Blatt Papier, das Derjenige zurückläßt — der Betroffene, mein' ich — (berichtigend) der Betreffende — steht irgend ein Vorwand geschrieben; so daß die Welt nicht erfährt, um was — —

Alfred.

Jawohl. Wie Sie wollen.

Clinton.

Fangen Sie an, wenn es Ihnen beliebt.

Alfred
(schüttelt den Becher, wirft).

Eins und Vier. — Fünf.

Clinton.

Nur Fünf von Zwölf; das ist ein guter Wurf. Da werden Sie wohl — — — (Wirft.)

Alfred.

Zwei und Drei.

Clinton.

Wahrhaftig. Also auch nur Fünf.

Alfred
(in einer leisen nervösen Unruhe).

Das Schicksal foppt uns ein bischen. — Also noch einmal. (Wirft.) Elf. (Ein Zucken durchfährt ihn. Dann, lächelnd.) Diesmal bin ich's.

Clinton
(in plötzlicher Unruhe).

Das — — das wollt' ich nicht. — Herr von Buchau —

Alfred.

Werfen Sie.

Clinton.

Ich fürchte, ich werde weniger als Elf — —

Alfred.

Werfen Sie!

Clinton (erschüttert).

Lieber Herr von Buchau — —

Alfred (heftig).

Werfen Sie!

Clinton
(wirft. Hinstarrend, langsam).

Schauen Sie hin. Sechs und Sechs sind Zwölf.

Alfred (wie betäubt).

Zwölf.

Clinton.

Also ich — Uebermorgen werden Sie also hören, daß der Doctor Clinton — —

Alfred.

Nein, nein. — Nein, nein, nein! — Clinton!

Clinton.

Was nein —

7

Alfred.

Ich will's nicht! — Wir waren toll! — Ich will Ihren
Tod nicht auf der Seele haben; ich will nicht über Ihre
Leiche weg — — (Außer sich.) Geben Sie die Würfel her! Es
gilt nicht! Geben Sie sie her!

Clinton.

Sie sind von Sinnen. (Die Würfel in der Hand.) Was
wollen Sie —

Alfred.

Ich will diese Würfel aus dem Fenster werfen; und ich
will nicht, daß Sie sterben. Ich verbiet' es Ihnen! So ein
Mensch, wie Sie —

Clinton
(mit vor Erschütterung leise bebender Stimme).

Was fällt Ihnen ein? Ich werde mir doch nicht das
Leben von Ihnen schenken lassen —

Alfred (faßt ihn am Arm).

Clinton, hören Sie. Machen Sie mich nicht toll...
Um Assunta's willen kann ich Sie nicht sterben lassen; fühlen
Sie das nicht, sehen Sie das nicht ein? Schwören Sie mir,
daß Sie mir gehorchen, daß Sie sich nicht tödten!

Clinton (macht sich los).

Nein. Ich werde thun, was mir aufliegt — oder obliegt.
Reden Sie nicht mehr.

Alfred.

Nun, so werd' ich denn — — (Blickt wie hilflos umher.)
Was werd' ich —? (Sieht den Zimmerschlüssel, den Clinton auf den
Tisch gelegt hat.) Da liegt der Schlüssel. (Ergreift ihn, stürzt nach
hinten, schließt auf; ruft unterdessen, überlaut.) Assunta! Assunta!
(Tritt in die geöffnete Thür, ruft wieder.) Assunta! Kommen Sie!

Clinton (eilt ihm nach).

Nein, nein! Schweigen Sie — (Will ihm den Mund zu-
halten; Alfred stößt ihn zurück.)

Alfred.

Assunta! Wo sind Sie? Assunta!

Vierter Auftritt.

Die Vorigen; Affunta.

Affunta.

Heilige Maria! Was gibt's?

Alfred

(zu Clinton, ihn zurückdrängend).

Sie bleiben hier; stehen Sie still! — Ich will's Ihnen sagen, Assunta, was geschehen ist: wir haben um unser Leben gewürfelt, weil wir nicht bei Sinnen waren; der da soll nun sterben; (da Assunta sich entsetzt) aber ich will's nicht, er soll nicht! Ich hab' ihn beschworen, daß er mir seinen Tod von der Seele nimmt, daß er fortlebt — mit Ihnen — — Aber er, er will nicht. Er thut mir die Liebe nicht. Er haßt mich, weil ich Sie lieb habe... (Widersprechende Bewegung Clinton's.) Daß ich davongehen will, daß ich Sie nie wiedersehen will, daß Sie rechtschaffen und gut sind, das genügt ihm nicht. Er will sein Leben nicht von mir zurücknehmen, weil er mich haßt —

Clinton

(sinkt gebrochen auf einen Stuhl).

O Buchau! Buchau! (Legt sich die Hände vor das Gesicht, bricht in krampfhaftes Schluchzen aus.)

Alfred.

Heiliger Gott, ich will ja davongehn — noch in dieser Stunde — aber sein Mörder will ich nicht sein! Darum hören Sie! (Sie heftig an beiden Armen fassend.) Auf Ihre Seele leg' ich es, Assunta; Sie werden ihn nicht sterben lassen, so wahr Sie ihm gelobt haben, seine Frau zu werden; Sie werden ihn bewachen und behüten; Sie werden ihn nicht aus diesem Zimmer lassen, eh' er Ihnen geschworen hat, bei Ihnen zu bleiben, Sie nicht zu verlassen. Auf Ihr Gewissen leg' ich die Verantwortung... Ich hab' gethan, was ich konnte — ich kann nicht mehr... Gute Nacht! (Stürzt hinaus.)

Der Vorhang fällt.

Fünfter Aufzug.

Capri. Dieselbe Decoration wie im ersten Aufzug, nur sichtbar ins kleinbürgerlich Aermliche herabgestimmt: in der Weinlaube auf Assunta's Dach ist Wäsche aufgehängt, unten an der Treppe lehnt ein Reisbesen, auf der Steinbank daneben steht ein Korb mit Strickzeug, rohes und zum Theil zerbrochenes Geschirr und dergleichen. Auf dem Tisch eine Schreibmappe, große leere Blätter, Pastellstifte.

Erster Auftritt.

Fabian (in einem lichten Reiseanzug, den Hut auf dem Kopf, ein Täschchen über dem Arm, einen Brief in der Hand, erscheint auf der Treppe, die von dem Hause zur Rechten herunterführt); später Bruger.

Fabian (ruft laut).

Onkel Bruger! (Springt herunter.) Onkel Bruger! (Ueberlaut.) Onkel Bruger! (Schlüpft hinter die Kaktuspflanzen, die ihn ganz verbergen.)

Bruger

(kommt aus Assunta's Haus und die Treppe herunter, in Hausrock und Hausschuhen).

Ja, ja, ja, ich komme! — — Wo steckt er? — Fabian! — Fabian! (Sucht; tritt in die Thüre vorne links.) Ist er auf der Straße? — Da auch nicht. — Der Schlingel hat doch dreimal „Onkel Bruger" gerufen; mit furchtbarer Stimme... Fabian!

Fabian

(steckt den Kopf zwischen den Kaktusstämmen durch).

Hier!

Bruger.

Da steht er. Wahrhaftig. Wie ein Faun im Urwald. — Nach sechs Monaten wieder da... Nun, so komm' doch heraus, du Schlingel, daß ich dich umarme!

Fabian (mit komischem Pathos).

Das ist der Augenblick, Onkel, auf den ich mich Tag
und Nacht gefreut, der in allem Elend mich getröstet hat —

Bruger.

Nun, so komm' und genieß' ihn!

Fabian
(schlüpft hervor, läuft zu Bruger, umarmt ihn).

Na, also —!

Bruger.

Wie bist du hereingekommen? (Auf das hintere Haus deutend.) Ich hab' doch von da oben auf die Straße gesehn, von
dir aber nichts bemerkt —

Fabian.

Ich komm' auch nicht von der Straße, Onkel. (Deutet
nach rechts hinaus, dann auf Alfreds Häuschen.) Den kleinen Fuß-
weg da hinten bin ich heraufgestiegen, und so von rückwärts
durch's Haus. (Lächelnd.) Hatte noch den Schlüssel von damals,
vor der Abreise, als ich da oben meine Gipse und Skizzen
deponirte —

Bruger.

Was hast du für einen Brief in der Hand?

Fabian.

Sie hatten mich vorausgeschickt, zur Post, um da nach
Briefen zu fragen —

Bruger.

Also sie kommen!

Fabian.

Ja. — Du wohnst also jetzt in Frau Assunta's Haus!

Bruger.

Ja; die Gute... (Etwas schamhaft.) Sie will keine Miethe
nehmen; leer stünd' es ja doch, schrieb sie mir aus Rom.
(Lächelnd.) Na, ich füge mich — bis für meine Bilder wieder
bessere Zeiten kommen —

Fabian.

Malst du denn welche?

Bruger (zuckt die Achseln)

Es geht langsam, Junge. Wenn die Stimmung fehlt...
Ich hab' mir jetzt angewöhnt, Pastell zu malen; (auf den
Tisch deutend) hier im Freien, bei dem göttlichen Frühlings=
wetter. Ja, über einen April auf Capri geht nichts... Aber,
Schlingel du! Birbante! Nie einen Brief geschrieben —

Fabian (ablenkend).

Die Tante und die Katze sind wohl?

Bruger.

Wohlissimo; (ihn am Ohr zupfend) aber du Elender, du
schreibst ja noch weniger als ich! Nichts, als jetzt deine tele=
graphische Anmeldung: wir sind in Palermo und reisen morgen
nach Capri —

Fabian.

Was sollte ich machen, Onkel? Es hatten sich da sehr
geheimnißvolle Romancapitel ereignet: Buchau plötzlich fort
von Rom mit Zurücklassung eines unverständlichen Zettels;
erst nach zwei, drei Wochen kommt ein Brief von ihm an den
Bruder, aus Palermo: „Schick' mir, ohne daß irgend ein Mensch
es erfährt, meinen Koffer und meinen David;“ — der David
bin nämlich ich! — Also ich reise ganz incognito mit dem
Koffer nach Palermo; meinen Herrn und Meister find' ich da
im Hotel als einen Schatten wieder; was ihm geschehen ist,
darüber spricht er nicht; spricht überhaupt nicht viel. Wir
reisen dann eine Weile auf Sicilien herum; — aber die Fide=
lität, die ist allemal eben abgereist, wenn wir irgendwo
ankommen. (Ihm eine Hand auf den Arm legend.) Es war eine
merkwürdig melancholische Reise, Onkel Bruger; ich hatte als
David bei diesem Saul eine schwere Stellung. (Ernsthaft, mit
Gefühl.) Aber er war immer gut! Das ist ein Cavalier, der
zugleich ein Mensch ist; immer, immer gut!

Bruger.

Gewiß... Aber das Alles hättest du mir auch schreiben
können —

Fabian.

Auf einer Postkarte, Onkel? So delicate Sachen?

Bruger.

Du konntest ja einen Brief schreiben —

Fabian.

Darauf bin ich nicht verfallen, Onkel.

Bruger.

O du Galgenstrick! Galeotto!

Fabian.

Im Ernst: ich durfte nicht schreiben; Buchau hatt'
es verboten. An Niemand auf der Welt... Endlich vor acht
Tagen, als wir wieder in Palermo sitzen — und zu arbeiten
anfangen; Buchau ging es besser — da kommt von Rom her
sein Bruder angesegelt: der hat sich einen Urlaub ausgebeten,
um selber zu sehen, wie es steht. Na, und es stand ja ver-
hältnißmäßig; — und wie wir einmal am Meer sitzen, wir
Drei, und in die sogenannte Unendlichkeit schauen, sage ich zu
Saul: Hätten Sie nicht Lust, einmal wieder nach Capri zu
gehn? — Er antwortet nichts. Am Abend, im Hotel, sagt
er aber plötzlich, wie so vor sich hin, mit einem unbeschreiblichen Blick: „Also in Gottes Namen morgen nach Capri,
wenn es euch recht ist"... Ich nicke. Der Bruder nickt. Das
war die ganze Verhandlung. Am andern Nachmittag um drei
dampften wir von Palermo nach Neapel ab — und von da
heute hierher. (Horcht.) Und jetzt kommen sie auch; ich hör's.
(Die Stimme dämpfend.) Nicht viel reden und fragen, Onkel;
dafür ist er nicht. Gehn lassen; nur „guten Tag"!

Zweiter Auftritt.

Die Vorigen; Alfred, Emil.

Alfred

(kommt mit Emil von links, Beide in leichten Reisekleidern; Alfred
etwas abgezehrt, gedämpft und still. Geht langsam auf Bruger zu,
gibt ihm die Hand).

Guten Morgen, Bruger. (Blickt umher.) Sie wohnen also
hier?

Bruger.

Ja. — Guten Morgen, meine Herren. (Emil grüßt.)
Kann ich Ihnen mit einer Erfrischung, Buchau —?

Alfred.

Ich danke. Wir haben im Hotel abgelegt, und etwas
genossen.

Emil
(immer etwas gedrückt, bewegt).

Und wir wollten hier nur einmal niedersitzen (mit
schwachem Lächeln) und die alten Erinnerungen auffrischen —

Bruger
(der Alfred mit Neugier und Theilnahme beobachtet, — etwas unsicher).

Ich verstehe. Natürlich. (Für sich.) Von Frau Assunta
sag' ich jetzt lieber nichts! (Laut.) Ich sehe Sie noch;
natürlich —

Alfred.

Gewiß.

Bruger.

Dann entschuldigen Sie, wenn ich mich jetzt empfehle:
(treuherzig einen Vorwand suchend) ich habe dringend zu thun.
(Fabian lacht leise.) Worüber lachst du, Schlingel; dein Onkel
ist ein beschäftigter Mann, und thut mehr als du. (Leise, gut-
herzig.) Will ja nur nicht stören... (Laut.) Komm' mit! zur
Tante!

Fabian.

Gleich, gleich. (Auf das Haus rechts deutend.) Ich hab' nur
noch Sachen da oben, die ich holen will —

Bruger (mit heimlichem Lächeln).

Gut, geh' nur hinauf!

Fabian
(an Emil den Brief übergebend).

Weiter war nichts auf der Post, als dieser Brief.
A rivederci! (Steigt die Treppe am Hause rechts hinauf; Bruger
die Treppe hinten.)

Bruger
(für sich, auf Alfred blickend).

Der war in Rom — und ist auch nicht glücklich.
(Ab ins Haus. Fabian in das andere ab. — Alfred hat sich gesetzt,
träumt vor sich hin.)

Emil (öffnet den Brief).

Aus Rom; vom Kunsthändler. An mich. — Soll ich ihn vorlesen?

Alfred.

Bitte.

Emil (liest).

„Hochgeehrter Herr! Ich kann nur wiederholen, was ich damals die Ehre hatte Ihnen mündlich zu sagen: daß die „verlassene Ariadne" Ihres Herrn Bruders wirklich von mir gekauft war, für den verabredeten Preis. Allerdings ist sie dann in andere Hände übergegangen, und der neue Eigenthümer hat ausdrücklich erklärt, daß die Einnahmen, die durch Ausstellung des Kunstwerks in den europäischen Hauptstädten erzielt werden, irgend einem edlen Zweck zufließen sollen, den der Künstler nach seiner freien Wahl bestimmen wird. Dies ist die ganze Lösung des „Räthsels", wie Sie es zu nennen belieben. Ich erwarte also von Ihrem Herrn Bruder die gefällige Bestimmung des Zweckes, und habe die Ehre u. s. w. u. s. w."

Alfred.

Das ist Alles?

Emil.

Ja.

Alfred.

Das nennt er die Lösung des Räthsels? — Aber wer, wer ist denn nun dieser Eigenthümer, der nicht für sich erwerben will, sondern für einen von mir zu bestimmenden Zweck? (Unruhig.) Ich verstehe nicht...

Emil (mit scheinbarer Heiterkeit).

Ich verstehe wenigstens, daß dieser Unbekannte in der Welt deinen Ruhm verbreitet; daß deine „Ariadne" —

Alfred.

Bitte, sprich von dieser „Ariadne" nicht mehr. Wenn es möglich wäre, möcht' ich hier das Alles vergessen... (Umherblickend.) Tolle Ironie des Schicksals. Das ist nun Bruger's Haus. Auf dem flachen Dach' ergehen sich Abends Frau

Marianna Bruger und ihre Katze ... Und wenn dann der
Mond über Capri heraufkommt — — Ach! (Versinkt in sich.)

Emil (beklommen).

Guter Alfred!

Alfred (auffahrend).

Ja, ja. — Hab' nur noch Geduld; es wird besser
werden; ich komme schon wieder auf! Mir geht's nur wie
diesen Pilgern, von denen ich einmal las, auf dem ersten
Kreuzzug, vor Antiochia; es stand schlecht mit ihnen, sie hatten
mit Hunger und Hitze und wüthenden Feinden Tag für Tag
zu kämpfen. Da kam es vor, daß mitten im Schlachtgedränge
so ein gepanzerter Pilger vor Erschöpfung hinfiel und einschlief.
Ließ man ihn unversehrt eine Weile liegen, so wachte er wieder
auf und stürzte sich mit neuer Kraft, mit rasender Wuth in
den Kampf. (Lächelnd.) So hab' ich auch eine Weile dagelegen,
Emil; nun aber werd' ich mich auch wieder in den Kampf
stürzen — mit dem alten Schlachtruf: „Gott will es!“

Emil.

Daran zweifl' ich nicht. (Bewegt.) Du hast Heldenmuth;
— mehr, als ich geglaubt habe. (Zögernd.) Dich und — sie
hab' ich zu wenig gekannt... Alfred! Verzeih' mir das. Mit
meinem „Verstand“ hab' ich's damals doch nicht „verstanden“,
Alfred... (Hervorstoßend.) Bei Gott! ich verwünsche mich!

Alfred.

Um Gottes willen! Sei still!

Emil.

Nein, nicht immer still! — Du hast mich in diesen
Tagen nie danach gefragt, und ich hab' geschwiegen. Und doch
wollt' ich dir immer sagen: diese Frau — imponirt mir jetzt. Ich
sah sie in einer Soirée beim englischen Botschafter; sie fand
mich an einem Fenster allein und kam auf mich zu, — wie
eine wahre Dame, aber so natürlich und schlicht, wie keine von
den andern. Und mit einem unbeschreiblichen Blick fragte sie
mich — ihre Stimme zitterte ein wenig — ob du denn für
immer verschollen sei'st, und auch bleiben wolltest? — Es
scheint so, antwortete ich. Sie machte langsam die Augen zu
und erwiederte nichts. Ich fragte nach Clinton; wann die Hoch-

zeit sei. (Bewegung Alfreds. Emil, ihn beobachtend, fährt fort.)
Wann er wiederkommt, gab sie mir zur Antwort; denn er ist
verreist. Auch ist da noch ein Hinderniß zu überwinden...
(Alfred steht vor Erregung auf.) Was für eins? fragte ich. Sie
sah mich an und schien mit sich zu kämpfen, ob sie reden
sollte —

Alfred (fragend).

Und dann sagte sie —

Emil.

Nichts mehr; denn die Schwägerin des Botschafters
kam und zog Assunta mit fort... Alfred! Was soll ich thun?
— Diese Frau, mit dem starken, biegsamen Geist und der
großen Seele — — Ich hab' mich geirrt, Alfred! Und wenn
ich dich nun so ansehe — es thut mir grimmig, grimmig Leid;
— ich hab' die Schuld!

Alfred.

Sag' das nicht, Emil. Wir haben nur beide — du und
ich — an einem Bach gestanden, der langsam vorbeifloß,
dunkle Schatten auf ihm, so daß wir den Grund nicht sahen;
und wir haben gedacht: der ist auch nicht tiefer als die anderen
Bäche... (In verhaltenem Schmerz.) Dann kamen wir um die
Ecke und sah'n: er trägt große Schiffe; (abgewandt) er hätte
auch unser Lebensschiff getragen... 's ist vorbei. — Ein
Irrthum. — Gehen wir nun um eine zweite Ecke, daß wir
ihn nicht mehr sehn; und hoffen wir auf besseres Glück — —
wenn wir hoffen können!

Emil (tritt näher).

Alfred! hör' mich an! — Sie sind noch immer nicht
Mann und Frau; es ist ein Hinderniß, sagt sie; — was soll
ich für dich thun? Soll ich hinreisen und sie beschwören, nicht
seine Frau zu werden, sondern deine —

Alfred (springt auf).

Emil! — Nie, nie mehr so ein Wort! So wie es ist,
muß es sein und bleiben! Ich, ich hab' sie ja verpflichtet,
Mann und Frau zu werden — (Da Emil ihn betroffen, ohne zu
fassen, anstarrt.) Frag' mich nicht! Ich sag's nicht! Ich hab'
mir's geschworen! (Tritt von ihm hinweg; sinkt wieder auf den Stuhl.)

Emil (nach einer Weile, für sich).

Da schließt sich nun wieder das Grab über einem Menschenglück; — es ist unerträglich.

Dritter Auftritt.

Alfred, Emil; Bruger, vier Frauen und Mädchen; später Fabian.

Bruger
(kommt auf seine Treppe heraus; gleichzeitig erscheinen vier Frauen und Mädchen aus dem Volk von Capri links in der Thür, einige mit vielen Korallenketten über den Armen, eine mit einem Tambourin; sie zögern, näher zu treten, flüstern mit einander. Bruger, für sich).

Was wollen die Weibsen hier? (Winkt ihnen, still zu sein, zu warten. Kommt herunter, spricht leise mit ihnen, mit allerlei Geberden verneinend.)

Emil
(während Alfred, nichts bemerkend, vor sich hinblickt).

Was gibt's?

Bruger.

Diese Frauenzimmer möchten Ihnen Korallenketten ver- kaufen; ich hab' ihnen gesagt, daß man Sie mit diesem Weiber- tand nicht behelligen soll. (Emil stimmt zu.) Das wär' also abgemacht; sie haben aber noch einen Wunsch —

Fabian
(ist inzwischen aus dem Hause rechts heruntergekommen; faßt Bruger am Arm; aufgeregt, leise).

Onkel! Sie sind ja hier (auf das Haus zurückdeutend) — er, sie und sie!

Bruger (leise).

Dummer Junge, das wußt' ich ja. Aber sag' noch nichts —

Alfred (blickt auf).

Was wollen die Mädchen da? — Was haben Sie, Fabian? So aufgeregt —

Fabian.

Ich? Ich habe nichts. (Erblickt das Tambourin.) Ich höre nur eben, daß — daß sie Tarantella tanzen wollen, diese Mädels da —

Fraser (nicht).

Sie wollen es auch wirklich. Sie möchten Sie begrüßen, Buchau, als 'nen alten Bekannten; und sie möchten den Herren zum Willkomm — —

Alfred (immer sitzend).

Buon giorno, Angiola. Buon giorno, Giustina. (Sie nicken und lächeln ihm zu.) Die Tarantella! — Mir ist nicht sehr nach Tarantella zu Muth...

Fraser.

Das hab' ich auch gesagt. Ich hab' ihnen gesagt: heute nicht!

Alfred.

Aber nun stehen sie da, — mit dem bekannten Lächeln. Sie sind von Capri; man kann sie doch nicht fortschicken. In Gottes Namen, nur zu!

Fraser
(den Mädchen winkend, halblaut).

Dunque —! Avanti! (Zwei von ihnen treten vor, die Dritte schlägt das Tambourin; die Beiden tanzen, mit sehr ernsthaftem Gesicht. Alfred schaut eine Weile zu, versinkt dann wieder in sich.)

Vierter Auftritt.

Die Vorigen; Assunta.

Assunta

(dunkel gekleidet, erscheint auf der Treppe rechts; winkt den Mädchen, aufzuhören; sie brechen ab, eine nach der anderen. Assunta steht in tiefer Bewegung still; kommt dann langsam herab und geht leise auf Alfred zu).

Alfred

(unterdessen vor sich hinstarrend, für sich).

An einem Abend tanzte auch Assunta; sie wollte nicht, ich bat sie; — dann lächelte sie und that's. — O wie schön war sie — und das Leben — — und jetzt —! (Kommt zur Besinnung.) Sie tanzen ja nicht mehr. (Blickt auf. Sieht Assunta, die vor ihm steht. Fährt auf.) Assunta!

Assunta (schwermüthig weich).

Ja, ich bin's. — Erschrecken Sie nicht. Ich bin schon eine Weile hier; erfahre eben durch Fabian, daß Sie gekommen sind... (Gibt Bruger einen Wink, daß sie allein sein möchte. Tritt zu Emil, der beunruhigt auf sie und auf Alfred blickt. Leise.) O, fürchten Sie nichts. Obgleich ich Sie bitten muß, lassen Sie mich drei Worte mit Ihrem Bruder allein — —

Emil
(nimmt ihre Hand. Leise, mit Empfindung).

Ich vertraue Ihnen. Was Sie auch thun mögen, ich sag' Ja und Amen... (Wendet sich zu Bruger, der inzwischen leise mit den Mädchen gesprochen hat, sie durch Geberden vertröstend. Leise.) Lieber Herr —

Bruger (errathend, leise).

Sehr wohl. Wenn Sie mich beehren wollten, — meine Frau wird sehr — — (Für sich.) Die hatte ich ganz vergessen. (Resignirt.) Also zu meiner Frau! (Ersucht Emil, voranzugehen; winkt Fabian, zu folgen. Die Mädchen verschwinden links; von draußen hört man noch einige Schläge auf das Tambourin. Emil, Bruger, Fabian gehen hinten die Treppe hinauf; ab ins Haus.)

Fabian
(auf der Treppe, für sich).

Schöner ist sie doch, als die Römerinnen. — Povero maestro! (Seufzend, lächelnd.) Povero Fabiano! (Ab.)

Assunta
(eine Weile nach Worten suchend).'

Also auf diesem Platz sehen wir uns wieder. — — Vergeben Sie mir, Herr von Buchau, daß ich noch einmal wage, Ihre Ruhe zu stören —-

Alfred
(stützt sich auf den Tisch. Fragend).

Er lebt.

Assunta.

Ja. Er lebt. — Wie Sie es damals von mir forderten, hab' ich nicht geruht, bis er mir's gelobte —

Alfred.

Nun hör' ich's also von Jhnen, und nun ist es gewiß.
— Wenn mir in schlaflosen Nächten der Gedanke kam: hat
er ihr's wirklich gelobt? und für immer? oder zittert sie noch,
daß doch eine Stunde über ihn kommen kann, wo es anders
endet? wo er sich sagt: ich muß fort; mein Leben war verfallen und es bleibt verfallen —

Assunta (unterbricht ihn).

Darum bin ich hier.

Alfred (überrascht).

Darum sind Sie hier —

Assunta.

Ja. Verzeihen Sie mir's; hören Sie mich an. Als Sie
uns damals verließen — und der unglückliche Mann, von
Jhren Worten so ins Herz getroffen, ganz zusammengebrochen,
schluchzend und wehrlos dasaß — da rang ich es ihm ab; er
gab mir sein Wort. „Gut, ja denn, wenn er es verlangt, will
ich weiterleben; — aber mein Leben gehört nicht mehr mir,
sondern ihm; also für ihn will ich leben!" — Und denselben
Tag noch fing er damit an: ging zu jenem Kunsthändler, dem
Sie Jhre Geschäfte übergeben hatten, und sagte ihm: „Kaufen
Sie die „Ariadne"; in Jhrem eigenen Namen, aber für mich!"
Und dann nahm er sie ——

Alfred
(immer mit seiner Erregung kämpfend).

Jch verstehe jetzt. Er hat diese „Ariadne" in die Welt
geschickt; er hat es betrieben, daß sie von Ort zu Ort —— —

Assunta.

O wenn Sie wüßten, (tief bewegt) wie dieser Mann Sie
lieb hat; wie er danach gerungen hat, von ganzem Herzen,
Jhnen zu nützen, zu dienen; und daß immer sein Kummer
war: ich bin nichts, ich kann nichts, was vermag ich für ihn
zu thun, ich, der Doctor Clinton! Daß er sich angeklammert
hat an dieses Einzige, das in seiner Macht war; daß es ihn
ruhelos trieb, dafür zu schaffen, zu schreiben, zu reisen...
Es mag Jhnen wohl nichtig und lächerlich erscheinen, diese
Geschäftigkeit in so einer kleinen Sache; — aber ich glaube

doch, Der über uns Allen, der in die Herzen sieht, der ver=
achtet ihn nicht!

Alfred (gepreßt).

Ich sage ja nicht, daß ich ihn verachte. — Ich will
ihm danken; Alles was Sie wollen... Aber Sie sagten vor=
hin: „darum bin ich hier" —

Assunta.

Ja. Sie haben — — (ihre Stimme beginnt zu zittern)
Sie haben damals eine Aufgabe auf mich gelegt, die ich zu
erfüllen gelobt habe; aber bis heute ist sie nicht erfüllt. Doctor
Clinton lebt — aber mein Gott, wie lebt er... Sie würden
wohl staunen, wenn Sie ihn wiedersähen: so bleich, so elend...
Eine wachsende, brütende, gefährliche Schwermuth liegt auf
seiner Seele; immer nagt es wieder wie ein Wurm an ihm:
„damals, in der ersten Aufwallung, in der Leidenschaft, hat
er verlangt, daß ich mit ihr leben soll; jetzt denkt er vielleicht:
ist dieser Clinton so ehrlos, daß er wirklich mit der Frau
glücklich werden will, um die ich mit ihm gekämpft habe, um
die er sein Leben verspielte?" Und ihn quält der Gedanke,
daß Sie nun lieber hören möchten: „Doctor Clinton ist
todt" —

Alfred (fährt auf).
Assunta!

Assunta.

„Oder er hat zum wenigsten auf die Frau ver=
zichtet" ..

Alfred (nach einer Pause).

Was verlangen Sie, daß ich thun soll? Ich errath'
es nicht.

Assunta.

Er hat keinen Schlaf, keinen Frieden; es verzehrt ihn...
Endlich haben seine Schwester und ich ihn beredet, mit uns
fortzugehen, und hier auf seinem geliebten Capri in aller Stille
zu versuchen, ob er genesen mag —

Alfred.
Er ist hier!

Assunta.

Ja. Seit einigen Tagen; — in Ihrem früheren Haus...
(Auf eine Bewegung Alfreds.) Aber er soll und darf Sie nicht
sehen, Herr von Buchau, ehe Sie seine Seele nicht beruhigt
haben; ehe Sie ihm nicht die Gewißheit gegeben haben, daß
Sie noch dasselbe wollen, was Sie damals wollten —

Alfred.

Nun, bei Gott, ich will es! Ihm ins Angesicht —

Assunta.

Worte verfliegen; Worte haften nicht. Wenn seine
schwarzen Stunden kommen, muß ich es ihm zeigen können,
ihm vor die Augen halten, was Ihr Wille ist... Da liegen
Blätter und Stifte. Wenn Sie der Mann sind, für den ich
Sie halte, (mühsam) als den ich Sie verehre — —

Alfred
(seufzt tief auf. Setzt sich an den Tisch).

Sagen Sie also, was ich schreiben soll. (Nimmt einen
Stift, ein Blatt.) Sagen Sie es.

Assunta (weich).

Wie Sie befehlen. — „Ich erkläre hiermit" — (Er
schreibt.) „Daß ich bei ruhigem Blut und mit aufrichtigem
Herzen wiederhole, (sie hält einige Augenblicke inne; auf einen Wink
von ihm fährt sie fort) was ich damals sagte: unser frevelhaftes
Würfelspiel soll nichtig sein, und Doctor Clinton soll ver=
pflichtet sein, zu leben. (Pause wie vorher. Alfred wiederholt halblaut die letzten Worte. Assunta mit wachsender Anstrengung, ihren
tiefen Schmerz bekämpfend.) Ich erkläre ferner, daß ich ihn ver=
pflichte, für seine Frau, Assunta Leoni, und mit ihr zu
leben" —

Alfred
(hält inne, blickt auf; athmet tief).

Warum verlangen Sie das —

Assunta.

Seine Ruhe verlangt es.

Alfred.

Und meine Ruhe — —?

Assunta (mit unterdrückter Schwermuth).

Sie sind wieder ruhig, denk' ich; — nach so langer Zeit. Was liegt Ihnen noch an mir? (Er steht auf.) Sie haben es ja selber gewollt ...

Fünfter Auftritt.

Alfred, Assunta; Clinton (erscheint auf der Treppe rechts, bleich, in sich versunken, unbemerkt von den Beiden; bleibt unruhig horchend stehen, als er sie erblickt).

Alfred (murmelt vor sich hin).

Ich hab' es selber gewollt ... (Schreibt; laut) „Daß ich ihn verpflichte, für seine Frau, Assunta Leoni, und mit ihr zu leben" —

Assunta (fortfahrend).

„Und daß ich nun nichts mehr wünsche, als ihr Glück durch ihn."

Alfred
(blickt auf; schüttelt den Kopf).

Ich kann's nicht.

Assunta.

Was können Sie nicht —?

Alfred.

Diese Worte schreiben. (Steht auf.) Martern Sie mich nicht! Verlangen Sie nicht Uebermenschliches von mir —

Assunta
(überrascht, vor plötzlicher Freude zitternd).

Was sagen Sie? (Sich wieder bezwingend, die Hand am Herzen.) Aber er kann nicht mit mir leben, wenn er fürchten muß, Sie wünschen doch seinen Tod —

Alfred (leidenschaftlich).

Aber ich wünsch' ihn nicht! Ich will, daß er lebt! Assunta! Nur das da niederschreiben — vor Ihnen — im Angesicht des Himmels — ich kann's nicht!

Affunta.

Was ist das? — Sie hätten mich noch lieb —

Alfred.

O Affunta! Affunta! (Sinkt vor ihr nieder, erfaßt ihr Kleid, küßt es. Sie tritt schwankend zurück; er steht auf.) Ich will ein Mann sein; wie ein Mann mich fassen. Da liegt das Blatt, geben Sie es ihm, 's ist mein letzter Wille; — mehr aber kann ich nicht schreiben — Himmel und Erde sind meine Zeugen — ich kann's nicht! (Er fühlt des leise herangetretenen Clinton Hände auf seinen Schultern.) Wer faßt mich da —

Clinton

(außer sich, die Worte hervorstoßend).

Mann! — Buchau! — Freund! Bester aller Menschen! (Umschlingt ihn; stammelt und schluchzt.)

Alfred.

Clinton!

Clinton.

Ja, ja; ich, Ihr Doctor Clinton... Buchau! Buchau! Lassen Sie mir Ihre Hand! — Nun kenn' ich Sie ganz; — das erlöst mich, Buchau... Hier an diesem Tisch, auf dem dieses Blatt liegt, hab' ich damals — wissen Sie das noch — hab' ich damals auf den Tag getrunken, an dem Sie und ich doch noch Freunde würden; — heut' muß dieser Tag sein, Buchau; heut' oder nie! — Das Blatt nehm' ich nicht an... Ich war ein zufriedener Junggesell' so viel Jahre lang; das wissen Sie... Wenn man die Kunst und die Wissenschaft und die Freiheit und die ganze Welt hat, dann kann man ja glücklich sein — auch ohne Frau .. Hören Sie mich an! — Ich wollte schon damals verzichten — als Sie mir das Leben wieder aufgenöthigt hatten — (auf Affunta deutend) aber sie wollte nicht: was Sie verlangt hatten, das sollte geschehn! Und nun hat sie noch dieses Blatt Papier von Ihnen — — Aber weg damit; (zerreißt es, wirft es auf die Erde) Sie beide können ja nicht ohne einander bestehn; ich hab's ja eben erlebt. Ich will dieses elende Leben nicht, das Sie mir geschenkt haben, wenn Sie nicht dulden, daß ich Ihnen etwas dagegen gebe: Die da! Ihr Glück!

Alfred.

Clinton! — Nein, nein!

Clinton.

Doch, doch!

Alfred.

Clinton! — Freund! Bruder! Mein Bruder! (Drückt ihn heftig an's Herz.)

Clinton
(in Lachen und Weinen).

Sagt' ich's nicht? Einmal kommt dieser Tag? (Streichelt ihn, trocknet sich mit der Hand die Augen.) Lassen Sie mich jetzt. Bruder, laß' mich jetzt. Ich will — — (Sucht nach Worten.) Ich will nur ein wenig auf die Straße treten; (leise) sag' ihr ein gutes Wort; auch ein erlösendes; sie braucht's, sie hat viel gelitten... (Auf eine Bewegung Alfreds.) Bruder, es ist gut so; hab' kein Sorge — sorrow, mein' ich; Kummer — um mich. Ich bin auch ein Mann. Mir ist ganz gut um's Herz; ganz gut. Bruder! (Drückt ihm die Hand; geht links hinaus.)

Assunta
(hat inzwischen dagesessen, die Hände vor dem Gesicht. Richtet sich auf, da Alfred sich zögernd nähert).

Ist es denn wirklich wahr, daß Sie mich noch lieben? Ich dachte, Sie Weltverschollener hätten es überwunden — hätten mich vergessen —

Alfred (vor ihr knieend).

O Assunta! Vergieb mir! — Dein! dein!

Assunta.

O, ich lebe wieder!

Der Vorhang fällt.

Druck von Johann N. Vernay. Wien, IX., Mariannengasse 17.